선생님과 함께 읽는 역마

물음표로 찾아가는 한국단편소설 17

선생님과 함께 읽는

역마

박기호 지음 ─ 권희주 그림

Humanist

'물음표로 찾아가는 한국단편소설' 시리즈를 펴내며

문학 교육은 아이들이 꿈을 꾸게 하기 위해 필요합니다. 그러나 요즘의 문학 교육은 참고서와 문제집을 통해서만 이루어지고 있습니다. 그래서 문학 수업은 엉뚱한 상상도 발랄한 질문도 없는 밍밍하고 지루한 시간이 되어 버렸습니다. 상상의 여지가 사라지고 질문이 없는 수업은 아이들을 질리게 하고 문학을 말라 죽게 합니다. 그렇다면 어떻게 해야 문학 교육을 살릴 수 있을까요?

무엇보다 학생들이 스스로 생각을 열어 질문을 만들 수 있게 해야 합니다. 매우 상식적인 일이지만, 우리 교육 환경에서는 잘 이루어지기가 어렵습니다. 그래서 전국국어교사모임은 학생들이 스스로 생각을 열고 엉뚱한 상상과 발랄한 질문을 할 수 있는 마중물을 붓기로 했습니다. 이는 말라 버린 문학뿐 아니라 아이들의 메마른 마음에도 물을 붓는 일이 될 것입니다.

교과서에 실린 의미 있는 작품을 골랐습니다 중·고등학교 국어 교과서나 문학 교과서에 실린 단편소설 가운데 오랫동안 많은 사람들에게 널리 읽힌 작품을 골랐습니다. 교과서에 실렸다는 것은 중·고등학생들에게 유용한 작품이라는 것이고, 오래 널리 읽혔다는 것은 재미나 감동, 그리고 생각거리 면에서 어느 하나는 사람들의 마음에 들었음을 뜻하기 때문입니다.

전국의 학생들에게 물었습니다 전국에 있는 수많은 학생에게 소설을 읽혀 보고, 그들이 궁금해하는 것을 모았습니다. 그리고 나서 의미 있는 질문거리들을 일정한 방식으로 배열했습니다.

현직 국어 선생님들이 물음에 답했습니다 전국의 국어 선생님 100여 분이 다양한 책과 논문을 살펴본 다음 질문에 대한 답을 했습니다. 이런 과정을 통해 보다 보편적인 작품의 의미에 접근하고자 했습니다.

교육 과정과의 연관성을 고려했습니다 수업 현장에서 또는 학생 스스로 이용할 수 있도록 했습니다. '깊게 읽기'에서는 인물, 사건, 배경, 주제 등 작품과 직접 관련되는 내용을 다루었으며, '넓게 읽기'에서는 작가, 시대상, 독자 이야기 등을 살펴볼 수 있도록 했습니다.

'물음표로 찾아가는 한국단편소설' 시리즈는 다양하고 깊이 있는 생각을 이끌어 낼 수 있는 소설 감상의 안내서 구실을 할 것입니다. 또한 작품에 대한 해석과 이해의 차원을 넘어서 문화적·사회적·역사적 정보를 폭넓고 다양하게 제시함으로써 문학 감상 능력을 향상시켜 줄 뿐만 아니라, 문학과 가까워질 수 있는 기회를 제공해 줄 것입니다.

전국국어교사모임

머리말

〈역마〉라는 소설을 읽어 본 적이 있나요? 〈역마〉는 김동리의 대표작으로서 한국 문학사에 자주 언급되기도 하고, 고등학교 문학 교과서에 실려 있어 널리 알려진 작품이에요. 제목인 '역마(驛馬)'는 역마살을 타고난 주인공을 상징하는 표현이지요. 역마, 즉 '역에 매어 있는 말'은 언제라도 떠날 준비가 되어 있으니까요.

〈역마〉는 1948년에 쓰인 작품이에요. 그러다 보니 낯선 말과 이해하기 어려운 상황이 종종 등장합니다. 하지만 작품을 적극적으로 읽는 독자라면, 그런 장면을 만날 때마다 스스로 질문을 던지기 마련이지요. '화개 장터가 어디지? 남사당, 당사주, 시천역…… 무슨 뜻이지? 계연은 왜 그렇게 먹을 것에 집착할까? 체 장수 영감과 계연은 나이 차가 엄청 많이 나는데, 진짜 딸일까? 성기는 왜 그동안 여자에게 관심이 없었을까? 계연에게 끌린 이유는 뭘까? 옥화는 왜 출생의 비밀을 알고도 말하지 않았을까? 정말 운명은 거스를 수 없는 것일까?'처럼요. 이렇게 문학 작품을 읽으면서 스스로 묻고 답을 찾아 나가다 보면 행간에 숨어 있던 것들이 보이기 시작합니다.

〈역마〉는 한마디로 '운명'과 그것에 얽힌 갈등을 다룬 이야기예요. 떠돌아다닐 수밖에 없는 운명인 시천역을 타고난 성기와 성기를 붙잡아 두고 싶어 하는 옥화 사이의 내재된 갈등, 또 서로 사랑하지만 얄궂은 출생의 비밀 때문에 어정쩡하게 헤어져야만 했던 성기와 계연. 이 두

화소를 중심으로 이야기가 전개되다 결국 성기는 자신의 운명을 받아들이고 떠돌이 삶인 '엿장수'의 길을 선택하게 되지요.

여러분이 이러한 선택의 갈림길 앞에 놓여 있다면 어떻게 하겠습니까? 모든 것을 감수하고라도 사랑과 자신의 의지를 따를까요, 아니면 운명을 순순히 받아들일까요? 혹시 '사람은 운명에 따를 수밖에 없다'는 말에 공감하나요? 태어날 때부터 정해진 사주가 우리의 운명을 결정짓는 것일까요?

이 책을 읽고 〈역마〉라는 소설에 담긴 메시지와 '삶과 운명'에 대해서 한번 진지하게 생각해 보았으면 좋겠습니다.

2016년 12월
박기호

차례

'물음표로 찾아가는 한국단편소설' 시리즈를 펴내며 4

머리말 6

작품 읽기 〈역마〉 _ 김동리 11

깊게 읽기 묻고 답하며 읽는 〈역마〉

1_ 시공간을 엿보다

화개 장터는 어떤 곳인가요? 49

옥화네 주막은 어떤 곳인가요? 52

남사당과 여사당은 무엇인가요? 55

당시 엿장수의 모습은 어땠나요? 59

2_ 마음을 읽다

성기는 왜 '수풀 속 산길로 돌아갔나요? 63

성기와 계연은 어떤 사랑을 하나요? 66

성기는 왜 계연의 따귀를 때렸나요? 69

성기는 어떤 병에 걸렸나요? 72

성기는 왜 하동길로 갔나요? 75

3_ 숨은 뜻을 찾다

역마살과 시천역이 무엇인가요?　79

옥화와 할머니는 왜 역마살이 끼지 않았나요?　82

사마귀도 유전되나요?　84

넓게 읽기 **작품 밖 세상 들여다보기**

작가 이야기 - 김동리의 생애와 작품 연보　90

시대 이야기 - 1940년대 후반　96

엮어 읽기 - 〈역마〉와 관련되는 소재를 다룬 소설　100

다시 읽기 - 뒷이야기 이어 쓰기　106

참고 문헌　111

역마

김동리

화개 장터의 냇물은 길과 함께 흘러서 세 갈래로 나 있었다. 한 줄기는 전라도 땅 구례 쪽에서 오고, 한 줄기는 경상도 쪽 화개협에서 흘러내려, 여기서 합쳐서, 푸른 산과 검은 고목 그림자를 거꾸로 비치인 채 호수같이 조용히 돌아 경상 전라 양 도의 경계를 그어 주며, 다시 남으로 남으로 흘러내리는 것이 섬진강 본류였다.

하동, 구례, 쌍계사의 세 갈래 길목이라, 오고 가는 나그네로 하여 화개 장터엔 장날이 아니라도 언제나 흥성거리는 날이 많았다. 지리산 들어가는 길이 고래로 허다하지만, 쌍계사 세이암의 화개협 시오 리를 끼고 앉은 화개 장터의 이름이 높았다. 경상 전라 양 도 접경이 한두 군데일 리 없지만 또한 이 화개 장터를 두고 일렀다. 장날이면 지리산 화전민들의 더덕, 도라지, 두릅, 고사리 들이 화갯골에서 내려오고, 전라도 황아장수들의 실, 바늘, 면경, 가위, 허리끈, 주머니끈, 족집게, 골백분 들이 또한 구렛길에서 넘어오고, 하동길에서는 섬진강 하류의 해물 장수들의 김, 미역, 청각, 명태, 자반조기, 자반고등어 들이 올라오곤 하여, 산협(山峽)치고는 꽤 성한 장이 서는 것이기도 했으나, 그러나 화개 장터의 이름은 장으로 하여서만 있는 것이 아니었다.

장이 서지 않는 날일지라도 인근 고을 사람들에게 그곳이 그렇게 언제나 그리운 것은, 장터 위에서 화갯골로 뻗쳐 앉은 주막마다 유달리 맑고 시원한 막걸리와 펄펄 살아 뛰는 물고기의 회를 먹을 수 있기 때문인지도 몰랐다. 주막 앞에 늘어선 능수버들 가지 사이사이로 사철 흘러나오는 그 한(恨) 많고 멋들어진 춘향가, 판소리, 육자배기 들이 있기 때문인지도 몰랐다. 게다가 가끔 전라도 지방에서 꾸며 나오는 남사당, 여사당, 협률(協律)·창극 광대들이 마지막 연습 겸 첫 공연으로 여기서 으레 재주와 신명을 떨고서야 경상도로 넘어간다는 한갓 관습과 전례가 화개 장터의 이름을 더욱 높이고 그립게 하는 것인지도 몰랐다.

가운데도 옥화(玉花)네 주막은 술맛이 유달리 좋고, 값이 싸고, 안주인, 즉 옥화의 인심이 후하다 하여 화개 장터에서는 가장 이름이 들난 주막이었다. 얼마 전에 그 어머니가 죽고 총각 아들 하나와 단 두 식구만으로 안주인 옥화가 돌아올 길 망연한 남편을 기다리며 살아간다는 것이라 하여 그들은 더욱 호의와 동정을 기울이는 것인지도 몰랐다. 혹 노자가 딸린다거나 행장이 불비할 때 그들은 으레 옥화네 주막을 찾았다.

"나 이번에 경상도서 돌아올 때 함께 회계하지라오."

그들은 예사로 이렇게들 말하곤 하였다.

늘어진 버들가지가 강물에 씻기우고, 저녁놀에 은어가 번득이고 하는 여름철 석양 무렵이었다.

　나이 예순도 훨씬 더 넘어 뵈는 늙은 체 장수 하나가, 쳇바퀴와 바닥감들을 어깨에 걸머진 채 손에는 지팡이와 부채를 들고 옥화네 주막을 찾아왔다. 바로 그 뒤에는 나이 열대여섯 살쯤 나 뵈는 몸매가 호리호리한 소녀 하나가 조그만 보따리를 옆에 끼고 서 있었다. 그들은 무척 피곤해 보였다.

　"저 큰애기까지 두 분입니까?"

　옥화는 노인보다 큰애기의 얼굴을 바라보며 이렇게 물었다. 노인은 조용히 고개를 끄덕였다.

　그날 밤 저녁상을 물린 뒤 노인은 옥화에게 인사를 청했다. 살기는 구례에 사는데 이번엔 경상도 쪽으로 벌이를 떠나온 길이라 하였다. 본시 여수가 고향인데 젊어서 친구를 따라 한때 구례에 와서도 살다가, 그 뒤 목포로 광주로 전전하였고, 나중 진도로 건너가 거기서 열일여덟 해 사는 동안 그만 머리털까지 세어져서는, 그래 몇 해 전부터 도로 구례에 돌아와 사는 것이라 하였다. 그렇지만 저런 큰애기를 데리고 어떻게 다니느냐고 옥화가 묻는 말에, 그렇잖아도 이번에는 죽을 때까지 아무 데도 떠나지 않으려고 했던 것인데 떠나지 않고는 두 식구가 가만히 굶을 판이라 할 수 없었던 것이라 했다.

"그럼, 저 큰애기는 할아부지 딸입니까?"

옥화는 남폿불 그림자가 반쯤 비긴 바람벽 구석에 붙어 앉아 가끔 그 환한 두 눈으로 이쪽을 바라보곤 하는 소녀의 동그스름한 어깨를 바라보며 이렇게 물었다.

노인은 또 고개를 끄덕였다. 그리 평생 객지로만 돌아다니고 나니 이제 고향 삼아 돌아온 곳(구례)이래야 또한 객지라 그들 아비 딸이 어디다 힘을 입고 살아가야 할는지 아무 데도 의탁할 곳이 없다고 그들의 외로운 신세를 한탄도 했다.

"나도 젊었을 때는 노는 것을 좋아했지라오. 동무들과 광대도 꾸며 갖고 댕겨 봤는듸, 젊어서 한번 바람 들어 놓게 평생 못 잡기 마련이랑게……. 그것이 스물네 살 때 정초닝게 꼭 서른여섯 해 전일 것이여. 바로 이 장터에서도 하룻밤 논 일이 있었지라오."

노인은 조용히 추억의 실마리를 더듬는 듯, 방 안을 두리번거리며 살펴보곤 하는 것이었다.

"어이유! 참 오래 전일세!"

옥화는 자못 놀라운 시늉이었다.

이튿날은 비가 왔다.

화개 장날만 책전을 펴는 성기(性騏)는 내일 장 볼 준비도 할 겸 하루를 앞두고 절에서 마을로 내려오고 있었다.

쌍계사에서 화개 장터까지는 시오 리가 좋은 길이라 해도, 굽이굽이 벌어진 물과 돌과 산협의 장려한 풍경이 언제 보나 그에게 길멀미를 내지 않게 하였다.

16

처음엔 글을 배우러 간다고 할머니에게 손목을 끌리다시피 하여
간 곳이 절이었고, 그 다음엔 손위 동무들의 사랑에 끌려다니다시
피쯤 하여 왔지만, 이즘 와서는 매일같이 듣는 북소리, 목탁 소리,
그리고 그 경을 치게 희맑은 은행나무, 염주나무(보리수), 이런 것까
지 모두 싫증이 났다.

　당초부터 어디로 훨훨 가 보고나 싶던 것이 소망이었지만, 그러나
어디로 간다는 말만 들어도 당장에 두 눈이 시뻘개져서 역정을 내
는 어머니였다.

　"서방이 있나, 일가친척이 있나, 너 하나만 믿고 사는 이년의 팔자
에 너조차 밤낮 어디로 간다고만 하니 난 누굴 믿고 사냐?"

　어머니의 넋두리는 인제 귀에 못이 박일 정도였다.

　이러한 어머니보다도 차라리, 열 살 때부터 절에 보내어 중질을 시
켰으니 인제 역마살도 거진 다 풀려 갈 것이라고 은근히 마음을 느
꾸시는 편이던 할머니는, 그러나 갑자기 세상을 떠나 버렸다. 당사주
라면 다시는 더 사족을 못 쓰던 할머니는, 성기가 세 살 났을 때 보
인 그의 사주에 시천역(時天驛)이 들었다 하여 한때는 얼마나 낙담
을 했던 것인지 모른다. 하동 산다는 그 키가 나지막한 명주 치마저
고리를 입은 할머니가 혹시 갑자을축을 잘못 짚지나 않았나 하여,
큰절(쌍계사)에 있는 어느 노장에게도 가 물어보고 지리산 속에서
도를 닦아 나온다던 어떤 키 큰 영감에게도 다시 뵈어 봤지만 시천
역엔 조금도 요동이 없었다.

　"천생 제 애비 팔자를 따라갈려는 게지."

　할머니가 어머니를 좀 비꼬아 하는 말이었으나 거기 깊은 원망이

든 것도 아니었다. 그러나 이런 말엔 각별나게 신경을 쓰는 옥화는,

"부모 안 닮는 자식 없단다. 근본은 다 엄마 탓이지."

도리어 어머니에게 오금을 박고 들었다.

"이년아 에미한테 너무 오금 박지 마라. 남사당을 붙었음, 너를 버리고 내가 그놈을 찾아갔냐, 너더러 찾아 달라 성화를 댔냐?"

그러나 서른여섯 해 전에 꼭 하룻밤 놀다 갔다는 젊은 남사당의 진양조 가락에 반하여 옥화를 배게 된 할머니나, 구름같이 떠돌아다니는 중과 인연을 맺어 성기를 가지게 된 옥화나 다 같이 화개 장터 주막에 태어났던 그녀들로서는 별로 누구를 원망할 턱도 없는 어미 딸이었다. 성기에게 역마살이 든 것은 어머니가 중 서방을 정한 탓이요, 어머니가 중 서방을 정한 것은 할머니가 남사당에게 반했던 때문이라면, 성기의 역마 운도 결국은 할머니가 장본이라, 이에 할머니는 성기에게 중질을 시켜서 살을 때우려고도 서둘러 보았던 것이고, 중질에서 못다 푼 살을 이번에는 옥화가 그에게 책 장사라도 시켜서 풀어 보려는 속셈인 것이었다. 성기로서도 불경(佛經)보다는 암만해도 이야기책에 끌리는 눈치요, 중질보다는 차라리 장사라도 해 보고 싶다는 소청이기도 하여, 그러나 옥화는 꼭 화개장만 보기로 다짐까지 받은 뒤 그에게 책전을 내어 주기로 했던 것이었다.

성기가 마루 앞 축대 위에 올라서는 것을 보자 옥화는 놀란 듯이 자리에서 일어나 앉으며,

"더운데 왜 인저사 내려오냐?"

곁에 있던 수건과 부채를 집어 그에게 주었다.

지금까지 옥화에게 이야기책을 읽어 들려주고 있은 듯한 낯선 계

집애는, 책 읽던 것을 멈추고 얼굴을 들어 성기를 바라보았다. 갸름한 얼굴에 흰자위 검은자위가 꽃같이 선연한 두 눈이었다. 순간, 성기는 가슴이 찌르르하며 갑자기 생기 띠어진 눈으로 집 앞에 늘어선 버들가지를 바라보았다.

얼마 뒤, 계집애는 안으로 들어가고 옥화는 성기의 점심상을 차려 들고 나와서,

"체 장수 딸이다."

하였다. 어머니도 즐거운 얼굴이었다.

"체 장수라니?"

성기는 밥상을 받은 채, 그러나 얼른 숟가락을 들지도 않고 그의 어머니의 얼굴을 쳐다보았다.

"구례 산다더라. 이번에 어쩌면 하동으로 해서 진주 쪽으로 나가 볼 참이라는데 어제 저녁에 화갯골로 들어갔다."

그리고 저 딸아이는 그 체 장수의 무남독녀인데, 영감이 화갯골 쪽으로 들어갔다 나와서 하동 쪽으로 나갈 때 데리고 가겠다고 하도 간청을 하기에 그동안 좀 맡아 있어 주기로 했다면서, 옥화는 성기의 눈치를 살피듯 그의 얼굴을 물끄러미 바라보았다.

"화갯골에서는 며칠이나 있겠다던고?"

"들어가 보고 재미나면 지리산 쪽으로 깊이 들어가 볼 눈치더라."

그러고 나서 옥화는 또,

"그래도 그런 사람의 딸같이는 안 뵈지?"

하였다. 계연(契姸)이란 이름이었다.

성기는 잠자코 밥숟가락을 들었다. 그러나 밥은 반도 먹지 않고

상을 물려 버렸다.

　이튿날 성기가 책전에 있으려니까 그 체 장수 딸이 그의 점심을 이고 왔다. 집에서 장터까지래야 소리 지르면 들릴 만한 거리였지만, 그래도 전날 늘 이고 다니던 상돌 엄마가 있을 터인데 이렇게 벌써 처녀티가 나는 남의 큰애기더러 이런 사환을 시켜 미안하단 생각이 들었다. 그러나 정작 그녀 쪽에서는 그러한 빛도 없이 그 꽃송이같이 화안한 두 눈에 웃음까지 담은 채 그의 앞에 밥함지를 공손스레 놓고는, 떡과 엿과 참외 들을 팔고 있는 음식전 쪽으로 곧장 눈을 팔고 있었다.

　"상돌 엄만 어디 갔는듸?"

　성기는 계연의 그 아리따운 두 눈에서 홍건한 즐거움을 가슴으로 깨달으며, 그러나 고개는 엉뚱한 방향으로 돌린 채 차라리 거칠은 음성으로 이렇게 물었다.

　"손님이 마루에 가뜩 찼는듸 상돌 엄마가 혼자서 바삐 서두닝께 어머니가 지더러 갖고 가라 힜어요."

　그동안 거의 입을 열어 말하는 일이 없었던 계연은 성기가 묻는 말에 의외로 생경한 전라도 쪽 토음(土音)으로 이렇게 말했다. 그 가냘프고 갸름한 어깨와 목 하며, 어디서 그렇게 힘차고 괄괄한 음성이 울려 나오는 것인지 알 수가 없었다. 한 줌이나 될 듯한 가느다란 허리와 호리호리한 몸매에 비하여 발달된 팔다리와 토실토실한 두 손등과 조그맣게 도톰한 입술을 가진 탓인지도 몰랐다.

　"계연아, 오빠 세숫물 놔 드려라."

　이튿날 아침에도 옥화는 상돌 엄마를 부엌에 둔 채 역시 계연에

게 성기의 시중을 들게 하였다. 세숫물을 놓는 일뿐 아니라 숭늉 그
릇을 들고 다니는 것이나 밥상을 차려 오는 것이나 수건을 찾아 주
는 것이나 성기에 따른 시중은 모조리 그녀로 하여금 들게 하였다.
그러고는,

"아이가 맘이 컴컴치 않고, 인정이 있고, 얄미운 데가 없어."

옥화는 자랑 삼아 이런 말도 하였다.

"저의 아버지는 웬일인지 반 억지 비슷하게 거저 곧장 나만 믿겠
다고, 아주 양딸처럼 나한테다 맡기구 싶은 눈치더라만……."

옥화는 잠깐 말을 끊어서 성기의 낯빛을 살피고 나서 다시,

"그래 너한테도 말을 들어 봐야겠고 해서 거저 대강 들을 만하고 있
었잖냐…… 언제 한번 데리고 가서 칠불(七佛) 구경이나 시켜 줘라."
하는 것이, 흡사 성기의 동의를 구하는 모양 같기도 하였다.

그리고 나서 옥화는 계연의 말을 옮겨, 구례 있는 저의 집이래야 구례읍에서 외따로 떨어진 무슨 산기슭 밑에 이웃도 없이 있는 오막살이인가 보더라고도 하였다.

"그럼 살림은 어쩌고 나왔을까?"

"살림이래야 그까짓 거 머 방문에 자물쇠 채워 두었으면 그만 아냐. 허지만 그보다도 나그넷길에 데리고 나선 계연이가 걱정이지."

이러한 옥화의 말투로 보아서는 체 장수 영감이 화갯골에서 나오는 대로 계연을 아주 양딸로 정해 둘 생각인 듯이도 보였다. 다만 성기가 꺼릴까 보아 이것만을 저어하는 눈치 같았다. 지금까지 몇 번이나 옥화는 성기더러 장가를 들라고 권했으나 그는 응치 않았고, 집에 술 파는 색시를 몇 차례나 두어도 보았지만 색시 쪽에서 간혹 성기에게 말썽을 내인 적은 있어도 성기가 색시에게 그러한 마음을 두는 일은 한 번도 있은 적이 없어, 이러한 일들로 해서 이번에도 옥화는 그녀로 하여금 성기의 미움이나 받지 않게 할 양으로 그녀의 좋은 점만 이야기하는 듯한 눈치 같기도 하였다.

아랫집 실과 가게에서 성기가 짚신 한 켤레를 사 들고 오려니까 옥화는 비죽이 웃는 얼굴로 막걸리 한 사발을 그에게 떠 주며,

"오늘 날씨가 너무 덥잖냐?"

고 하였다. 술 거를 때 누구에게나 맛뵈기 떠 주기를 잘하는 옥화였다. 계연이는 방에서 옷을 갈아입고 있었다.

"계연아, 너도 빨리 나와. 목마를 텐데 미리 좀 마시고 가거라."

옥화는 방을 향해서도 이렇게 소리를 질렀다.

22

항라 적삼에 가는 삼베 치마를 갈아입고 나오는 계연은 그 선연한 두 눈의 흰자위 검은자위로 인하여 물에 어리인 한 송이 연꽃이 떠오는 듯하였다.

"꼭 스무 해 전에 내가 입었던 거다."

옥화는 유감(有感)한 듯이 계연의 옷맵시를 살펴 주며 말했다.

"어제 꺼내서 품을 좀 줄여 놨더니만 청승스리 맞는고나. 보기 보단 품을 여간 많이 입잖는다, 이 앤……. 자, 얼른 마셔라. 오빠 있음 무슨 내외할 사이냐?"

그러자 계연은 웃는 얼굴로 술잔을 받아 들고 방으로 들어가 마시고 나오는 모양이었다.

성기는 먼저 수양 버드나무 밑에 와서 새 신발에 물을 축이었다. 계연이도 곧 뒤를 따라 나섰다. 어저께 성기가 칠불암까지 책값 수금 관계로 좀 다녀올 일이 있다고 했더니, 옥화가 그러면 계연이도 며칠 전부터 산나물을 캐러 간다고 벼르는 중이고, 또 칠불암 구경은 어차피 한번 시켜 주어야 할게고 하니, 이왕이면 좀 데리고 가잖겠느냐고 하였다.

성기는 가슴도 좀 뛰고 그래서, 나물을 내가 어떻게 아느냐고 싫다고 했더니, 너더러 누가 나물까지 캐라느냐고 앞에서 길만 끌어 주면 되잖느냐고 우기어, 기승한 어머니에게 성기는 더 항변을 못 하고 말았던 것이다.

성기는 처음부터 큰길을 버리고 사람이 잘 다니지 않는 수풀 속 산길을 돌아가기로 하였다. 원체가 지리산 밑이요 또 나뭇길도 본디부터 똑똑히 나 있지 않는 곳이라, 어려서부터 자라난 고장이라곤

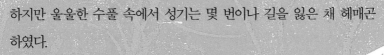

하지만 울울한 수풀 속에서 성기는 몇 번이나 길을 잃은 채 헤매곤
하였다.

쳐다보면 위로는 하늘을 찌를 듯한 높은 산봉우리요, 내려다보면
발아래는 바다같이 뿌우연 수풀뿐. 그 위에 흰 햇살만 물줄기처럼
내리 퍼붓고 있었다. 머루, 다래, 으름은 이제 겨우 파랗게 매아리 져
있고, 가지마다 새빨간 복분자(나무딸기), 오디(산뽕나무의 열매)는 오
히려 철이 겨운 듯 한머리 까맣게 먹물이 돌았다.

성기는 제 손으로 다듬은 퍼런 아가위나무 가지로 앞에서 칡덩굴을 헤쳐 가며 가고 있는데, 계연은 뒤에서 두릅을 꺾는다, 딸기를 딴다 하며 자꾸 혼자 처지곤 하였다.

"빨리 오잖고 뭘 하나?"

　성기가 걸음을 멈추고 서서 나무라면 계연은 딸기를 따다 말고, 두릅을 꺾다 말고, 그 조그맣고 도톰한 입술을 꼭 다물고는 뛰어오는 것인데, 한참만 가다 보면 또 뒤에 떨어지곤 하였다.

"아이고머니 어쩔 꺼나!"

　갑자기 뒤에서 계연이가 소리를 질렀다. 돌아다보니 떡갈나무 위에서 가지에 치맛자락이 걸려 있다. 하필 떡갈나무에는 뭣하러 올라갔을까고 곁에 가 쳐다보니, 계연의 손이 닿을 만한 위치에 그 아래쪽 딸기나무 가지가 넘어와 있다. 딸기나무에는 가시가 있고 또 비탈에 서 있어 올라갈 수가 없으니까, 그 딸기나무와 가지가 서로 얽힌 떡갈나무 쪽으로 올라간 모양이었다. 몸을 구부려 손으로 치맛자락을 벗기려면 간신히 잡고 서 있는 윗가지에서 손을 놓아야 하겠고, 손을 놓았다가는 당장 나무에서 떨어질 형편이다. 나무 아래서 쳐다보니 활짝 걷어 올려진 베치마 속에, 정강마루까지를 채 가루지 못한 짤막한 베고의가 훤한 햇살을 받아 그 안의 뽀오얀 것을 그대로 보여 주고 있었다.

　성기는 짚고 있던 생나무 지팡이로 치맛자락을 벗겨 주려 하였으나, 지팡이가 짧아서 그렇겠지만 제 자신도 모르게 지팡이 끝은 계연의 그 발가스레하고 매초롬한 종아리만을 자꾸 건드리고 있었다.

"아이 싫어! 남그에서 떨어진당게!"

계연은 소리를 질렀다. 게다가 마침 다람쥐란 놈까지 한 마리 다래 넌출 위로 타고 와서, 지금 막 계연이가 잡고 서 있는 떡갈나무 가지 위로 건너뛰려 하고 있다.

"아, 곧 떨어진당게! 그 막대로 저 다램이나 때려 줬음 쓰겠는듸."

계연은 배 아래를 거진 햇살에 훤히 드러내인 채 있으면서도 다래 넌출 위에서 이쪽을 건너다보고 그 요망스런 턱주가리를 쫑긋거리고 있는 다람쥐가 더 안타까운 모양으로 또 이렇게 소리를 질렀다.

"요놈의 다램이가······."

성기는 같은 나무 밑둥치에까지 올라가서야 겨우 계연의 치맛자락을 벗겨 주고, 그러고는 막대로 다시 조금 전에 다람쥐가 앉아 있던 다래 넌출도 한 번 툭 쳤다. 이 소리에 놀랐는지 산비둘기 몇 마리가 푸드득 하고 아래쪽 머루 넌출 위로 날아갔다.

"샘물이 있어야 쓰겠는듸."

계연은 치맛자락을 걷어 올려 이마의 땀을 씻으며 이렇게 말했다.

모롱이를 돌아 새로운 산줄기를 탈 때마다 연방 더 우악스런 멧부리요, 어두운 수풀을 지나 환하게 열린 하늘을 내다볼 때마다 바다같이 질편한 골짜기에 차 있느니 머루, 다래 넌출이요, 딸기, 칡의 햇덩굴이다. 산속으로 산속으로 들어갈수록 여기저기서 난장판으로 뻐꾸기들은 울고, 이따금씩 낄낄거리고 골을 건너 날아가는 꿩 울음소리마저 야지의 가을벌레 소리를 듣는 듯 신산을 더했다.

해는 거진 하늘 한가운데를 돌아 바야흐로 머리에 불을 끼얹고, 어두운 숲 그늘 속에는 해삼 같은 시꺼먼 달팽이들이 허연 진물을 토한 채 땅에 붙어 늘어졌다.

　햇살이 따갑고, 땀이 흐르고, 목이 마를수록 성기들은 자꾸 넌출 속으로만 들짐승들처럼 파묻히었다. 나무딸기, 덤불딸기, 산복숭아, 아가위, 오디…… 손에 닿는 대로 따서 연방 입에 가져가지만 입에 넣으면 눈 녹듯 녹아질 뿐, 떨적지근한 침을 삼키면 그만이었다. 간혹 이에 걸린다는 것이 아직 익지 않은 산복숭아, 아가위 따위인데, 딸기 녹은 침물로는 그 쓰고 떫은 것마저 사양 없이 씹어 넘겨졌다. 처음엔 입술이 먼저 거멓게 열매 물이 들었고, 나중엔 온 볼에까지 묻어졌다. 먹을수록 목이 마른 딸기를 계연은 그 새파란 산복숭아 서껀, 둥그런 칡잎으로 하나 가득 따서 성기에게 주었다. 성기는 두 손바닥 위에다 그것을 받아서는 고개를 수그려 물을 먹듯 입을 대어 먹었다. 먹고 난 칡잎은 아무렇게나 넌출 위로 던져 버린 채 칡 넌출이 담뿍 감겨 있는 다래 덩굴 위에 비스듬히 등을 대이고 누웠다.

　계연은 두 번째 또 칡잎의 것을 성기에게 주었다. 성기는 성가신 듯이 그냥 비스듬히 누운 채 그것을 그대로 입에 들이부어 한입 가득 물고는 나머지를 그냥 넌출 위로 던졌다. 그리고 그는 곧 코를 골기 시작하였다.

　세 번째 칡잎에다 딸기 알 머루 알을 골라 놓은 계연은 그러나 성기가 어느덧 잠이 들어 있음을 보자 아까 성기가 하듯 하여 이번엔 제가 먹어치웠다.

　"참 잘도 잔당게."

　계연은 혼잣말로 중얼거리며 자기도 다래 덩굴에 등을 대이고 비스듬히 드러누워 보았으나 곧 재채기가 났다. 목이 몹시 말랐다. 배

도 고팠다.

갑자기 뻐꾸기 소리가 무서웠다.

"덩굴 속에는 샘물이 없는가?"

계연은 덩굴을 헤치고 한참 들어가다 문득 모과나무 가지에 이리저리 얽히고 주렁주렁 열린 으름 덩굴을 발견하였다.

"이것이 익어 있음 쓰겠는듸."

계연은 이렇게 중얼거리며 아직도 파아란 오이를 만지듯 딴딴하고 우들우들한 으름을 제일 큰 놈으로만 세 개를 골라 따 쥐었다. 그리하여 한나절 동안 무슨 열매든지 손에 닿는 대로 마구 따 입에 넣곤 하던 버릇으로 부지중 입에 가져가 한 번 덥석 물어 떼었더니 이내 비릿하고 떫직스레한 풀 같은 것이 입에 하나 가득 끼었다.

"아, 풋내 나!"

계연은 입 안의 것을 뱉고 나서 성기 곁으로 갔다. 해는 벌써 점심때도 겨운 듯 갈증과 함께 시장기도 들었다.

"일어나, 샘물 찾아가장게."

계연은 성기의 어깨를 흔들었다.

성기는 눈을 떴다.

계연은 당황하여 쥐고 있던 새파란 으름 두 개를 성기의 코끝에 내어 밀었다. 성기는 몸을 일으켜 그녀의 둥그스름한 어깨와 목덜미를 껴안았다. 그러고는 입술이 포개졌다.

그녀의 조그맣고 도톰한 입술에서는 한나절 먹은 딸기, 오디, 산복숭아, 으름 들의 달짝지근한 풋내와 함께, 황토 흙을 찌는 듯한 향긋하고 고소한 고기 냄새가 느껴졌다.

30

까악까악 하고 난데없는 까마귀 한 마리가 그들의 머리 위로 울며 날아갔다.

"칠불은 아직 멀지라?"

계연은 다래 덩굴에 걸어 두었던 점심을 벗겨 들었다.

화갯골로 들어간 체 장수 영감은 보름이 넘도록 돌아오지 않았다. 떠날 때 한 말도 있고 하니 지리산 속으로 아주 들어간 모양이라고 옥화와 계연은 생각하고 있었다.

"산중에서 아주 여름을 내시는 갑네."

옥화는 가끔 이런 말도 하였다. 그리고 그들은 끈기 있게 이야기책을 들고 앉곤 하였다. 계연의 약간 구성진 전라도 지방 토음은 날이 갈수록 점점 더 맑고 처량한 노랫조를 띠어 왔다.

그동안 옥화와 계연의 사이에 생긴 새로운 사실이 있다면, 옥화가 계연의 왼쪽 귓바퀴 위에 있는 조그만 사마귀 한 개를 발견한 것쯤이었다.

어느 날 아침, 그녀의 머리를 빗어 땋아 주고 있던 옥화는 갑자기 정신을 잃은 사람처럼 참빗 쥔 손을 부들부들 떨고 있었다.

"어머니, 왜 그리여?"

계연이 놀라 물었으나 옥화는 그녀의 두 눈만 멀거니 바라보고 있을 따름 말이 없었다.

"어머니, 왜 그러시여?"

계연이 또 한 번 물었을 때, 옥화는 겨우 정신이 돌아오는 듯 긴 한숨을 내쉬며,

"아무것도 아니다."

하고, 다시 빗질을 시작하는 것이었다.

계연은 속으로 이상한 생각이 들었으나 아무것도 아니라는 옥화에게 다시 더 캐어물을 도리도 없었다.

이튿날 옥화는 악양에 볼일이 좀 있어 다녀오겠노라면서 아침 일찍이 머리를 빗고 떠났다. 성기는 큰방에서 낮잠을 자고 있었다. 소나기가 왔다. 계연이가 밖에서 빨래를 걷어 안고 들어오면서,

"어쩔 거나, 어머니 비 만나시겠는듸!"

하였다. 그녀의 치맛자락은 바깥의 신선한 비바람을 묻혀다 성기의 자는 낯을 스쳐 주었다. 성기는 눈을 뜨는 결로 손을 뻗쳐 그녀의 치맛자락을 거머잡았다. 그녀는 빨래를 안은 채 고개를 홱 돌이켜 성기의 얼굴을 가만히 바라보았다. 그녀의 두 볼에 바야흐로 조그만 보조개가 패이려 할 때, 밖에서 인기척이 났다.

"어머니 옷 다 젖겠는듸!"

또 한 번 이렇게 말하며 계연은 마루로 나갔다. 성기는 어느덧 또 코를 골기 시작하였다.

성기가 다시 잠이 깨었을 때는 손님들이 마루에서 막걸리를 마시고 있었다. 계연은 그들의 치다꺼리를 해 주고 있는 모양으로 부엌에서,

"명태랑 풋고추밖엔 안주가 없는듸!"

하는 소리가 났다.

나중 손님들이 돌아간 뒤 성기는 그녀더러,

"어머니 없을 땐 손님 받지 말라고."

약간 볼멘소리로 이런 말을 하였다.

"허지만 오늘 해 넘김 이 술은 시어질 것인듸, 그냥 두면 어머니 오셔서 화내시지 않을 것이오?"

계연은 성기에게 타이르듯이 이렇게 말했다. 조금 뒤 그녀는 다시 웃는 낯으로 성기 곁에 다가서며,

"오빠, 날 면경 하나만 사 주시오. 똥그란 놈이 꼭 한 개만 있었음 쓰겠는듸."

하였다. 이튿날이 마침 장날이라 성기는 점심을 가지고 온 그녀에게 미리 사 두었던 조그만 면경 하나와 찰떡을 꺼내 주었다.

"아이고머니!"

면경과 찰떡을 보자 계연은 놀란 듯이 소리를 질렀다. 그녀는 그 꽃 같은 두 눈에 웃음을 담뿍 담은 채 몇 번이나 면경을 들여다보곤 하더니, 그것을 품속에 넣고는 성기가 점심을 먹고 있는 곁에 돌아앉아 어느덧 짝짝 소리까지 내며 찰떡을 먹고 있었다.

성기는 남이 보지 않게 전 앞에 사람 그림자가 얼씬할 때마다 자기의 몸을 이리저리 움직여서 그것을 가리어 주었다. 딴은 떡뿐 아니라 참외고 복숭아고 엿이고 유과고 일체 군것을 유달리 좋아하는 그녀의 성미인 듯하였다. 집 앞으로 혹 참외 장수나 엿장수가 지나가는 것을 보면 계연은 골무를 깁거나 바늘겨레를 붙이다 말고 튀어 일어나 그것들이 시야에서 사라질 때까지 멀거니 바라보며 섰곤 하였다.

한번은 성기가 절에서 내려오려니까, 어머니는 어디 갔는지 눈에 띄지 않고 그녀만이 마루 끝에 걸터앉은 채 이웃 주막의 놈팡이 하나와 더불어 함께 참외를 먹고 있었다. 성기를 보자 좀 무안스러운 듯이 얼굴을 약간 붉히며 곧 일어나 반가운 표정을 지어 보였다.

"아, 오빠!"

"……."

그러나 성기는 그러한 그녀를 거들떠도 보지 않고 그대로 자기의 방으로만 들어가 버렸다. 계연은 먹던 참외도 마루 끝에 놓은 채 두 눈이 휘둥그래서 성기의 뒤를 따라왔다.

"오빠, 왜?"

"……."

"응, 왜 그리여?"

"……."

그러나 성기는 아무런 대꾸도 없었다. 그녀가 두 팔을 성기의 어깨 위에 얹어 그의 목을 껴안으려 했을 때, 성기는 맹렬히 몸을 뒤틀어 그녀의 팔을 뿌리치고는 돌연히 미친 것처럼 뛰어들어 따귀를 때리기 시작하였다.

처음 그녀는,

"오빠, 오빠!"

하고 찡그린 얼굴로 성기를 쳐다보며 두 손을 내어 밀어 그의 매질을 막으려 하였으나, 두 차례 세 차례 철썩철썩하고 그의 손이 그녀의 얼굴에 와 닿자 방구석에 가 얼굴을 쿡 처박은 채 얼마든지 그의 매질에 몸을 맡기듯이 하고 있었다.

이튿날 장에 점심을 가지고 온 계연은 그 작고 도톰한 입술을 꼭 다문 채 말이 없었으나, 그의 꽃같이 선연한 두 눈엔 어저께의 일에 깊은 적의도 원한도 품어 있지 않는 듯하였다.

그날 밤 그녀가 혼자 강가에 나와 있는 것을 보고 성기는 그녀의 뒤를 쫓아 나갔다. 하늘엔 별이 파랗게 빛나고 있었으나 나무 그늘은 강가를 칠야같이 뒤덮어 있었다.

"오빠."

계연은 성기가 바로 그녀의 곁에까지 왔을 때 일어나 성기의 턱 앞으로 바싹 다가 들어서며 낮은 목소리로 이렇게 불렀다.

"오빠, 요즘은 어쩌자고 만날 절에만 노 있는 것이여?"

그 몹시도 굴곡이 강렬한 전라도 지방 토음이 이렇게 속삭이었다.

그즈음 성기는 장을 보러 오는 날 이외에는 절에서 일체 내려오지를 않았다. 옥화가 악양 명도에게 갔다 소나기에 젖어 돌아온 뒤부터는 어쩐지 그와 그녀의 사이를 전과 달리 경계하는 듯한 눈치라, 본래 심장이 약하고 남의 미움 받기를 유달리 싫어하는 그는 그러한 어머니에 대한 노여움도 있고 하여 기어코 절에서 배겨 내려 했던 것이었다.

이날 밤만 해도 계연의 물음에 성기가 무어라고 대답도 채 하기 전에 "계연아, 계연아!" 하는 옥화의 목소리가 또 어느덧 들려오고 있었다. 성기는 콧잔등을 찌푸리며 말을 하려다 말고 입을 다물어 버렸다.

'아, 어머니도 어쩌면 저다지 야속할까?'

성기는 갑자기 목이 뿌듯해졌다.

반딧불이 지나갔다. 계연은 돌 위에 걸터앉아 손으로 여뀌풀을 움켜잡으며 혼잣말같이 또 무어라 속삭이는 것이었으나, 냇물 소리에 가리어 잘 들리지 않았다.

이튿날 아침 일찍 성기가 방 안으로 부엌으로 누구를 찾으려는 듯 기웃기웃하다가 좀 실망한 듯한 낯으로 그냥 절로 올라가고 말 았을 때, 그녀는 역시 이 여뀌풀 있는 냇물가에서 걸레를 빨고 있었던 것이다.

사흘 뒤에 성기가 다시 절에서 내려오니까, 체 장수 영감은 마루 위에서 막걸리를 마시고 있고, 계연은 고개를 떨어뜨린 채 마루 끝에 걸터앉아 있었다. 머리를 감아 빗고 새 옷─새 옷이래야 전날의 그 항라 적삼을 다시 빨아 다린 것─을 갈아입고, 조그만 보따리 하나를 곁에 두고 슬픔에 잠겨 있던 계연은, 성기를 보자 그 꽃같이 선연한 두 눈에 갑자기 기쁨을 띠며 허리를 일으켰다. 그러나 바로 그 다음 순간, 그 노기를 띤 듯한 도톰한 입술은 분명히 그들 사이에 일어난 어떤 절박하고 불행한 사실을 전하고 있었다.

막걸리 사발을 들어 영감에게 권하고 있던 옥화는 성기를 보자,

"계연이가 시방 떠난단다."

대번에 이렇게 말했다.

옥화의 말을 들으면, 영감은 그날, 성기가 절로 올라가던 날 저녁 때에 돌아왔었더라는 것이었다. 그 이튿날이니까, 즉 어저께, 영감은 그녀를 데리고 떠나려고 하는 것을 하루 더 쉬어 가라고 만류를 해서 그래 오늘 아침엔 일찍 떠난다고 이렇게 막 행장을 차려서 나서는 길이라 하였다.

그러나 이것은 실상 모두 나중 다시 들어서 알게 된 것이었고, 처음은 그저 쇠뭉치로 돌연히 머리를 얻어맞은 것같이 골치가 띵하며 전신의 피가 어느 한 곳으로 쫙 모이는 듯한, 양쪽 귀가 머리 위로 쭝긋이 당기어 올라가는 듯한, 혀가 목구멍 속으로 말려 들어가는

듯한, 눈언저리에 퍼어런 불이 번쩍번쩍 일어나는 듯한, 어지러움과 노여움과 조마로움이 한데 뭉치어 발끝에서 머리끝까지의 그의 전신을 어디로 휩쓸어 가는 듯만 하였다. 그는 지금껏 이렇게까지 그녀에게 마음이 가 있어 떨어질 수 없게 되었으리라고는 너무도 뜻밖이었다. 그것이 이제 영원히 헤어지려는 이 순간에 와서야 갑자기 심지에 불을 켜듯 확 타오를 마련이던가, 하는 것이 자꾸만 꿈과 같았다. 자칫하면 체면도 염치도 다 놓고 엉엉 울음이 터질 것만 같이 목이 징징 우는 것을, 그러는 중에서도 이 얼굴을 어머니에게 보여서는 아니 된다는 의식에서 떨리는 입술을 깨물며 마루 끝에 궁둥이를 찧듯 털썩 앉아 버렸다.

"아들이 참 잘생겼소."

영감은 분명히 성기를 두고 하는 말인 모양이었다. 그러나 성기는 그쪽으로 고개도 돌려 보지 않은 채, 그들에게 무슨 적의나 품은 듯이 앉아 있었다.

옥화는 그동안 또 성기에게 역시 그 체 장수 영감의 이야기를 전해 들려주고 있는 모양이었다. 지리산 속에서 우연히 옛날 고향 친구의 아들이 된다는 낯선 젊은이 하나를 만났다. 그는 영감의 고향인 여수에서 큰 공장을 경영하는 실업가로, 지리산 유람을 들어왔다가 이야기 끝에 우연히 서로 알게 되었다. 그는 영감에게 함께 고향으로 돌아가 살자고 했다. 영감은 문득 고향 생각도 날 겸 그 청년의 도움으로 어떻게 형편이 좀 펠 것같이도 생각되어 그를 따라 여수로 돌아가기로 결정을 하고 나오는 길이라……, 옥화가 무어라고 한참 하는 이야기는 대개 이러한 의미인 듯하였으나, 조마롭고

어지럽고 노여움으로 이미 두 귀가 멍멍하여진 그에게는 다만 벌떼
처럼 무엇이 왕왕거릴 뿐 아무것도 분명히 들리지 않았다.

"막걸리 맛이 어찌나 좋은지 배가 부르당게."

그동안 마지막 술잔을 들이키고 난 영감은 부채와 지팡이를 집어
들며 이렇게 말했다.

"여수 쪽으로 가시게 되면 영영 못 보게 되겠구만요."

옥화도 영감을 따라 일어서며 이렇게 말했다.

"사람 일을 누가 알간듸, 인연 있음 또 볼 터이지."

영감은 커다란 미투리에 발을 끼며 말했다.

"아가, 잘 가거라."

옥화는 계연의 조그만 보따리에다 돈이 든 꽃주머니 하나를 정표
로 넣어 주며 하직을 하였다.

계연은 애걸하듯 호소하듯 한 붉은 두 눈으로 한참 동안 옥화의
얼굴을 쳐다보고만 있었다.

"또 오너라."

옥화는 계연의 머리를 쓸어 주며 다만 이렇게 말하였고, 그러자 계연은 옥화의 가슴에다 얼굴을 묻으며 엉엉 소리를 내어 울기 시작하였다.

옥화가 그녀의 그 물결같이 흔들리는 둥그스름한 어깨를 쓸어 주며,

"그만 울어. 아버지가 저기 기다리고 계신다."

하는 음성도 이젠 아주 풀이 죽어 있었다.

"그럼 편히 계시요."

영감은 옥화에게 하직을 하였다.

"할아부지 거기 가 보시고 살기 여의찮거든 여기 와서 우리하고 같이 삽시다."

옥화는 또 한 번 이렇게 당부하는 것이었다.

"오빠, 편히 사시요."

계연은 이미 시뻘겋게 된 두 눈으로 성기의 마지막 시선을 찾으며 하직 인사를 했다.

성기는 계연의 이 말에 꿈을 깬 듯 마루에서 벌떡 일어나 계연의 앞으로 당황히 몇 걸음 어뜩어뜩 걸어오다간 돌연히 다시 정신이 나는 듯 그 자리에 화석처럼 발이 굳어 버린 채 한참 동안 장승같이 계연의 얼굴만 멍하게 바라보고 있었다.

"오빠, 편히 사시요."

이렇게 두 번째 하직을 하는 순간까지도 계연의 그 시뻘건 두 눈은 역시 성기의 얼굴에서 그 어떤 기적과도 같은 구원만을 기다리는 것이었고, 그러나 성기는 그 자리에 그냥 주저앉아 버릴 뻔하던 것을 겨우 버드나무 가지를 움켜잡을 수 있었을 뿐이었다.

계연의 시뻘겋게 상기된 얼굴은, 옥화와 그녀의 아버지가 그녀를 지켜보고 있다는 것도 잊은 듯이 성기의 얼굴만 뚫어지게 바라보고 있었으나, 버드나무에 몸을 기대인 성기의 두 눈엔 다만 불꽃이 활활 타오를 뿐 아무런 새로운 명령도 기적도 나타나지 않았다.

"오빠, 편히 사시요."

하고 거의 울음이 다 된 마지막 목소리를 남기고 돌아선 계연의 저만치 가고 있는 항라 적삼을, 고운 햇빛과 늘어진 버들가지와 산울림처럼 울려오는 뻐꾸기 울음 속에 성기는 우두커니 지켜보고 있을 뿐이었다.

성기가 다시 자리에서 일어나게 된 것은 이듬해 우수, 경칩도 다 지나 청명 무렵의 비가 질금거릴 즈음이었다. 주막 앞에 늘어선 버들가지는 다시 실같이 푸르러지고, 살구, 복숭아, 진달래 들이 골목 사이로 산기슭으로 울긋불긋 피고 지고 하는 날이었다.

아들의 미음상을 차려 들고 들어온 옥화는 성기가 미음 그릇을 비우는 것을 보자 이렇게 물었다.

"아직도 너, 강원도 쪽으로 가 보고 싶냐?"

"......"

성기는 조용히 고개를 돌렸다.

"여기서 장가들어 나랑 같이 살겠냐?"

"······."

성기는 역시 고개를 돌렸다.

― 그해 아직 봄이 오기 전, 보는 사람마다 성기의 회춘을 거의 다 단념하곤 하였을 때, 옥화는 이왕 죽고 말 것이라면 어미의 맘속 이나 알고 가라고, 그래 그 체 장수 영감은 서른여섯 해 전 남사당 을 꾸며 와 이 화개 장터에 하룻밤을 놀고 갔다는 자기의 아버지임 이 틀림이 없었다는 것과, 계연은 그 왼쪽 귓바퀴 위의 사마귀로 보 아 자기의 동생임이 분명하더라는 것을 통정하노라면서, 자기의 왼 쪽 귓바퀴 위의 같은 검정 사마귀까지를 그에게 보여 주었다.

"나도 처음부터 영감이 '서른여섯 해 전'이라고 했을 때 가슴이 섬 짓하긴 했다. 그렇지만 설마 했지, 그렇게 남의 간을 뒤집어 놀 줄이 야 알았나. 하도 아슬해서 이튿날 악양으로 가 명도까지 불러 봤더 니, 요것도 남의 속을 빤히 듸려다나 보는 드키 재줄대는구나, 차라 리 망신을 했지."

옥화는 잠깐 말을 그쳤다. 성기는 두 눈에 불을 켜듯 한 형형한 광채를 띠고 그 어머니의 얼굴을 쳐다보고 있었다.

"차라리 몰랐으면 또 모르지만 한번 알고 나서야 인륜이 있는듸 어찌겠냐."

그리고 부디 에미 야속타고나 생각지 말라고 옥화는 아들의 뼈만 남은 손을 눈물로 씻었다.

옥화의 이 마지막 하직같이 하는 통정 이야기에 의외로도 성기는 도로 힘을 얻은 모양이었다. 그 불타는 듯한 형형한 두 눈으로 천장을 한참 바라보고 있던 성기는 무슨 새로운 결심이나 하듯 입술을 지그시 깨물고 있었다.

아버지를 찾아 강원도 쪽으로 가 볼 생각도 없다, 집에서 장가들어 살림을 할 생각도 없다 하는 아들에게, 그러나 옥화는 이제 전과 같이 고지식한 미련을 두는 것도 아니었다.

"그럼 어쩔랴냐? 너 줄 대로 해라."

"……."

성기는 아무런 말도 없이 도로 자리에 드러누워 버렸다.

그러고 나서 한 달포나 넘어 지난 뒤였다.

성기가 좋아하는 여러 가지 산나물이 화갯골에서 연달아 자꾸 내려오는 이른 여름의 어느 장날 아침이었다. 두릅회에 막걸리 한 사발을 쭉 들이키고 난 성기는 옥화더러,

"어머니, 나 엿판 하나만 맞춰 줘."

하였다.

"……."

옥화는 갑자기 무엇으로 머리를 얻어맞은 듯이 성기의 얼굴을 멍하니 바라보고 있었다.

그런 지도 다시 한 보름이나 지나, 뻐꾸기는 또다시 산울림처럼 건드러지게 울고, 늘어진 버들가지엔 햇빛이 젖어 흐르는 아침이었다. 새벽녘에 잠깐 가는비가 지나가고, 날은 다시 유달리 맑게 갠 화개 장터 삼거리 위에서 성기는 그 어머니와 하직을 하고 있었다. 갈아입은 옥양목 고의적삼에 명주 수건까지 머리에 질끈 동여매고

난 성기는, 새로 맞춘 새하얀 나무 엿판을 걸빵해서 느직하게 엉덩이 즈음에다 걸었다. 윗목판에는 새하얀 가락엿이 반 넘어 들어 있었고, 아랫목판에는 팔다 남은 이야기책 몇 권과 간단한 방물이 좀 들어 있었다.

그의 발 앞에는 물과 함께 갈리어 길도 세 갈래로 나 있었으나, 화갯골 쪽엔 처음부터 등을 지고 있었고, 동남으로 난 길은 하동, 서남으로 난 길이 구례. 작년 이맘때도 지나 그녀가 울음 섞인 하직을 남기고 체 장수 영감과 함께 넘어간 산모퉁이 고갯길은 퍼붓는 햇빛 속에 지금도 환히 장터 위를 굽이돌아 구례 쪽을 향했으나, 성기는 한참 뒤 몸을 돌렸다. 그리하여 그의 발은 구례 쪽을 등지고 하동 쪽을 향해 천천히 옮겨졌다.

한 걸음 한 걸음 발을 옮겨 놓을수록 그의 마음은 한결 가벼워지어, 멀리 버드나무 사이에서 그의 뒷모양을 바라보고 서 있을 어머니의 주막이 그의 시야에서 완전히 사라져 갈 무렵 하여서는 육자배기 가락으로 제법 콧노래까지 흥얼거리며 가고 있는 것이었다.

- 《김동리 대표작 선집》(삼성출판사, 1967)에 실린 것을 바탕으로 함.

골백분 흰색 가루로 된, 얼굴빛을 곱게 하기 위하여 얼굴에 바르는 화장품의 하나.

기승하다 성미가 억척스럽고 굳세어 좀처럼 굽히지 않다.

길멀미 '멀미'는 '진저리가 나도록 싫어짐'이라는 뜻. 길멀미는 '길을 가면서 느끼는 지겨움'
정도의 의미로 쓰임.

남그 나무.

내외하다 남녀 사이에 서로 얼굴을 마주 대하지 않고 피하다.

넌출 길게 뻗어 나가 늘어진 식물의 줄기.

노 언제나 변함없이 한 모양으로 줄곧.

노자 먼 길을 떠나 오가는 데 드는 비용.

노장 늙은 승려를 높여 이르는 말.

느꾸다 늦추다.

당사주 중국에서 들여온, 그림으로 사주를 보는 법.

들나다 드러나다. 널리 알려지다.

망신 옳지 못한 것을 그릇되게 함부로 믿음.

매아리 열매.

매초롬하다 젊고 건강하여 아름다운 모양새가 있다.

멧부리 산등성이나 산봉우리의 가장 높은 꼭대기.

면경 주로 얼굴을 비추어 보는 작은 거울.

명도 '명도(明圖)'는 '마마를 앓다가 죽은 어린 계집아이의 귀신'이라는 뜻인데, 여기서는
'명도가 썬 무당'을 이르는 말로 쓰임.

모롱이 산모퉁이의 휘어 둘린 곳.

미투리 삼이나 노 따위로 짚신처럼 삼은 신.

바늘겨레 예전에, 부녀자들이 바늘을 꽂아 둘 목적으로 헝겊 속에 솜이나 머리카락을 넣
어 만든 수공예품.

바람벽 방을 두르고 있는 둘레의 벽.

방물 여자가 쓰는 화장품, 바느질 기구, 패물 따위의 물건.

고의 남자의 여름 홑바지.

본류 강이나 내의 바탕을 이루는 줄기.

사족 사람의 두 팔과 두 다리.

사환 심부름을 함. 또는 심부름을 시킴.

산협 두메(도회에서 멀리 떨어져 사람이 많이 살지 않는 변두리나 깊은 곳).

서껀 '…이랑 함께'의 뜻을 나타내는 보조사.

소청 남에게 청하거나 바라는 일.

실과 가게 일상생활에 필요한 의식주와 관련된 여러 가지 것들을 파는 가게.

야지 산이 적고 들판이 넓은 지대.

어뜩어뜩 머리가 몹시 어지러워 자꾸 정신을 잃고 까무러칠 듯한 모양.

오금(을) 박다 큰소리치며 장담하던 사람이 그와 반대되는 말이나 행동을 할 때에, 장담하던 말을 빌미로 삼아 몹시 논박하다.

유감(有感)하다 느끼는 바가 있다.

장본 어떤 일을 벌어지게 되는 근원.

저어하다 염려하거나 두려워하다.

정강마루 정강이뼈 앞 가죽에 마루가 진 곳.

조마롭다 매우 초조하거나 불안하다.

질펀하다 땅이 넓고 평평하게 펼쳐져 있다.

천생 이미 정하여진 것처럼 어쩔 수 없이.

청승스럽다 궁상스럽고 처량하여 보기에 언짢은 데가 있다.

칠야 아주 캄캄한 밤.

큰애기 처녀(다 자란 계집아이).

토음 사투리.

통정하다 남에게 자기의 의사를 표현하다.

페다 피다(가정이 수입이 늘어 형편이 나아지다).

품 윗옷의 겨드랑이 밑의 가슴과 등을 두르는 부분의 넓이.

풋내 새로 나온 푸성귀나 풋나물 따위로 만든 음식에서 나는 풀 냄새.

항변 못마땅한 생각이나 반대의 뜻을 주장함.

행장 여행할 때 쓰는 물건과 차림.

협률 이곳저곳을 떠돌아다니며 연극 또는 노래와 춤 등을 공연하던 일종의 예술 단체.

화전민 화전(주로 산간 지대에서 풀과 나무를 불살라 버리고 그 자리를 파서 만든 밭)을 일구어 농사를 짓는 사람.

황아장수 집집을 찾아다니며 대님, 허리띠, 주머니 끈, 담배쌈지, 바늘, 실 따위의 자질구레한 생활용품을 파는 사람.

회계하다 빚이나 물건값, 월급 따위를 치러 주다.

회춘 중한 병에서 회복되어 건강을 되찾음.

깊게 읽기

묻고 답하며 읽는
〈역마〉

배경

인물·사건

작품

1_ 시공간을 엿보다

화개 장터는 어떤 곳인가요?
옥화네 주막은 어떤 곳인가요?
남사당과 여사당은 무엇인가요?
당시 엿장수의 모습은 어땠나요?

2_ 마음을 읽다

성기는 왜 '수풀 속 산길'로 돌아갔나요?
성기와 계연은 어떤 사랑을 하나요?
성기는 왜 계연의 따귀를 때렸나요?
성기는 어떤 병에 걸렸나요?
성기는 왜 하동길로 갔나요?

3_숨은 뜻을 찾다

역마살과 시천역이 무엇인가요?
옥화와 할머니는 왜 역마살이 끼지 않았나요?
사마귀도 유전되나요?

주제

시공간을 엿보다

화개 장터는 어떤 곳인가요?

화개 장터의 냇물은 길과 함께 흘러서 세 갈래로 나 있었다. 한 줄
기는 전라도 땅 구례 쪽에서 오고, 한 줄기는 경상도 쪽 화개협에
서 흘러내려, 여기서 합쳐서, 푸른 산과 검은 고목 그림자를 거꾸
로 비치인 채 호수같이 조용히 돌아 경상 전라 양 도의 경계를 그
어 주며, 다시 남으로 흘러내리는 것이 섬진강 본류였다.
하동, 구례, 쌍계사의 세 갈래 길목이라, 오고 가는 나그네로 하여
화개 장터엔 장날이 아니라도 언제나 흥성거리는 날이 많았다.

화개 장터는 화개 지역에 있는 시골 장터를 말해요. 화개는 지리산
남쪽, 섬진강 동쪽에 있는 지역이지요. 쌍계사로 가는 길목으로, 벚꽃
이 만발하는 곳에 있다 하여 '화개'라는 이름이 붙었어요. 화개는 〈역
마〉의 중심 무대인 동시에 주인공인 성기가 태어난 곳이에요. 하동과
구례와 쌍계사로 가는 세 갈래 길목에 위치한 이곳에서 대부분의 사
건이 일어나지요.

화개 장터는 5일에 한 번씩 열리는 '오일장'이었어요. 장이 열리면
물건을 사고팔려는 사람들이 모여들었지요. 그런데 장터가 물건을 거
래하거나 교환하기만을 하는 곳은 아니었어요. 여러 마을 사람들이

모여 정보를 공유하는 공간으로서의 구실도 했답니다. 또 가끔씩 놀이패가 모여들어 공연을 펼치는 예술의 장이 되기도 했답니다.

장날이면 지리산 화전민들의 더덕, 도라지, 두릅, 고사리 들이 화갯골에서 내려오고, 전라도 황아장수들의 실, 바늘, 면경, 가위, 허리끈, 주머니끈, 족집게, 골백분 들이 또한 구렛길에서 넘어오고, 하동길에서는 섬진강 하류의 해물 장수들의 김, 미역, 청각, 명태, 자반조기, 자반고등어 들이 올라오곤 하여, 산협(山峽)치고는 꽤 성한 장이 서는 것이기도 했으나

화개 장터는 세 갈래 길에서 오는 물건들이 각각 달랐어요. 쌍계사로 난 길인 화갯골에서는 지리산 화전민들이 생산한 농산물이, 구례에서는 여러 가지 공산품이, 하동에서는 각종 수산물이 넘어왔지요. 이렇게 여러 가지 것들이 거래되다 보니, 화개 장터는 온갖 물건들의 집산지 같은 곳이었어요.

화개 장터는 장날이면 많은 사람이 모여들어 흥성거리고 신명나고 활기차요. 하지만 장이 파하면 사람들이 모두 떠나가지요. 어찌 보면, 온갖 떠돌이 인생들이 스쳐 지나가는 정거장 같은 곳이라고 할 수 있겠네요.

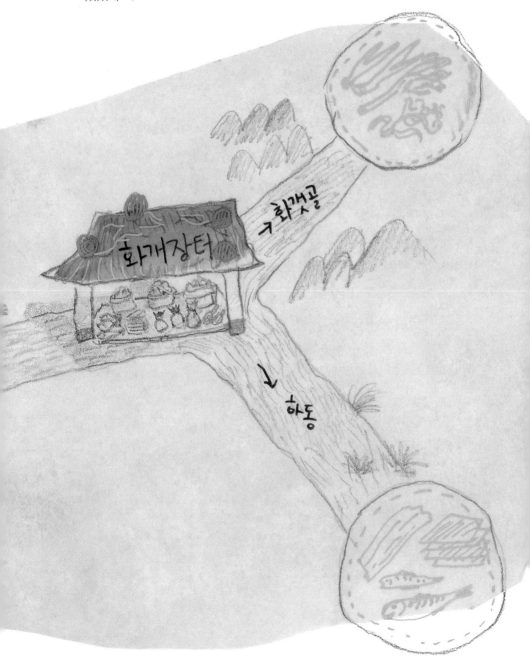

화갯골

화개장터

하동

옥화네 주막은 어떤 곳인가요?

옥화(玉花)네 주막은 술맛이 유달리 좋고 값이 싸고 안주인, 즉 옥화의 인심이 후하다 하여 화개 장터에서는 가장 이름이 들난 주막이었다. 얼마 전에 그 어머니가 죽고 총각 아들 하나와 단 두 식구만으로 안주인 옥화가 돌아올 길 망연한 남편을 기다리며 살아간다는 것이라 하여 그들은 더욱 호의와 동정을 기울이는 것인지도 몰랐다. 혹 노자가 딸린다거나 행장이 불비할 때 그들은 으레 옥화네 주막을 찾았다.

"나 이번에 경상도서 돌아올 때 함께 회계하지라오."

그들은 예사로 이렇게들 말하곤 하였다.

'주막(酒幕)'은 밥과 술을 팔고, 돈을 받고 나그네를 묵게 했던 집을 말해요. 술집과 식당과 여관이 합쳐진 것이라고 할 수 있지요. 주막은 또 정보 공유와 문화 전달의 공간이기도 했어요. 주막은 사람들이 많이 오고 가는 곳에 자리하고 있어서, 사람들이 모이기도 하고 쉬었다 가면서 이야기를 나누던 곳이었지요. 각지에서 온 다양한 사람들이 이야기를 주고받는 속에서 정보도 공유하고 새로운 문화를 접할 수도 있었답니다.

옥화네 주막은 술맛이 유달리 좋을 뿐 아니라 값이 싸고 인심이 후하여 화개 장터에서 이름난 곳이에요. 외상도 가능하니 더할 나위 없지요. 거기다 안주인이 아들과 함께 언제 돌아올지 모르는 남편을 기다리며 살아간다는 애틋한 사연까지 있어서, 사람들은 옥화네 주막을 좋아하고 옥확에게 더욱 호의와 동정을 가지고 있답니다.

그러면 옥화네 주막은 〈역마〉에서 어떤 의미를 지닐까요?

주막은 사람들이 오래 머무르는 곳이 아니에요. 왔다가 잠시 머물다 떠나가는 공간이지요. 또한 헤어졌다가 다시 만날 수도 있는 곳입

니다. 그런 면에서 옥화네 주막은 만남과 헤어짐이 반복되는 공간이라 할 수 있겠네요. 36년 전에 남사당패와 함께 왔던 체 장수가 옥화네 주막에 다시 들른 것은 만남과 헤어짐의 반복을 실증하는 장면이라 할 수 있어요.

다시 떠나기 위해 잠시 들르는 곳이라는 점에서, 옥화네 주막은 떠돌이 인간의 운명을 상징하는 공간이라 할 수 있어요. 이는 이곳에서 태어나서 살고 있는 성기의 삶과도 관련돼요. 주막을 떠나 떠돌이 삶을 살고 싶어 하는 성기와 성기를 안주시키려고 하는 옥화의 욕망이 대립하고 있으니까요.

남사당과 여사당은 무엇인가요?

장이 서지 않는 날일지라도 인근 고을 사람들에게 그곳이 그렇게 언제나 그리운 것은, 장터 위에서 화갯골로 뻗쳐 앉은 주막마다 유달리 맑고 시원한 막걸리와 펄펄 살아 뛰는 물고기의 회를 먹을 수 있기 때문인지도 몰랐다. 주막 앞에 늘어선 능수버들 가지 사이사이로 사철 흘러나오는 그 한(恨) 많고 멋들어진 춘향가, 판소리, 육자배기 들이 있기 때문인지도 몰랐다. 게다가 가끔 전라도 지방에서 꾸며 나오는 남사당, 여사당, 협률·창극 광대 들이 마지막 연습 겸 첫 공연으로 여기서 으레 재주와 신명을 떨고서야 경상도로 넘어간다는 한갓 관습과 전례가 화개 장터의 이름을 더욱 높이고 그립게 하는 것인지도 몰랐다.

장터에서는 상행위만 이루어진 것이 아니에요. 기능이나 예능의 재주를 가진 사람들이 모여들어 각종 공연을 하기도 했답니다.

'남사당(男寺黨)'은 꼭두쇠라 불리는 우두머리를 비롯하여 40여 명의 남자들로 구성된 유랑 연예인 집단이에요. 조선 후기부터 활동을 했는데, 전국의 농어촌을 떠돌며 춤과 웃음을 팔면서 삶을 꾸려 나갔어요. 그들은 공연을 통해 당시 사회에서 천대받던 서민들의 한을

표출하고 양반 사회의 부도덕성을 비판했어요. 그런 면에서 남사당놀이는 민중 의식을 일깨우는 역할을 했다고 볼 수 있지요.

'여사당'은 '사당'을 말하는데, '사당(寺黨)'은 절에서 나온 무리로서 곡예와 연예로 살아가는 천민 여자들로 구성된 패거리를 뜻해요. 남사당패가 줄타기나 땅놀음 같은 것을 위주로 공연하는 데 비해, 여사당패는 춤과 음악을 위주로 공연했어요. 남사당패와 더불어 마을을 순회하며 연희를 보여 주고 일정한 대가를 받았지요. 후에는 이들을 '광대'라고 불렀는데, 역할에 따라 소리광대, 줄광대, 어릿광대 등으로 나뉘었답니다.

남사당이건 여사당이건 그들이 하는 놀이는 공간의 제약이 없었어요. 야외면 어느 곳이나 가능했으니까요. 원형의 공간이 무대가 되고, 그 주위에 구경꾼들이 앉아서 공연을 관람했지요. 이런 면에서 사당놀이판은 열린 무대라 할 수 있어요. 이들의 주요 공연 내용은 풍물놀이(농악), 버나(대접, 버나 돌리기), 살판(땅재주), 어름(줄타기), 덧보기(탈놀이), 덜미(꼭두각시놀음) 등이었어요.

사당놀이의 특징 가운데 하나가 풍자를 통한 현실 비판인데, 특히 덧보기와 덜미가 풍자적인 성격이 짙어요. 부패한 관리와 무능한 양반에 대한 비판, 가부장제와 남성의 횡포에 대한 비판, 관념과 허위를 극복하는 자유로운 삶의 추구 같은 내용을 다루었거든요. 이런 사당놀이를 즐기면서 민중들은 심리적 억압 상태에서 벗어나 일종의 카타르시스를 느낄 수 있었지요.

남사당을 소재로 한 시

나는 얼굴에 분칠을 하고
삼단 같은 머리를 땋아 내린 사나이

초립에 쾌자를 걸친 조라치들이
날라리를 부는 저녁이면
다홍치마를 두르고 나는 향단이가 된다.
이리하여 장터 어느 넓은 마당을 빌어
램프불을 돋운 포장 속에선
내 남성이 십분 굴욕 되다.

산 너머 지나온 저 동리엔
은반지를 사 주고 싶은
고운 처녀도 있었건만
다음 날이면 떠남을 짓는
처녀야!
나는 집시의 피였다.
내일은 또 어느 동리로 들어간다냐.

우리들의 도구를 실은
노새의 뒤를 따라
산딸기의 이슬을 털며
길에 오르는 새벽은
구경꾼을 모으는 날라리 소리처럼
슬픔과 기쁨이 섞여 핀다.

이 시는 남사당 사내의 애환을 다룬 노천명의 〈남사당〉이라는 시예요. 화자는
여장을 한 자신의 처지를 서글퍼해요. 게다가 놀이판이 끝나면 길을 떠나야 하
기 때문에 마음에 드는 처녀가 있어도 어찌할 수가 없지요. 사랑하는 사람을 두
고 노새 뒤를 따라 새로운 동네를 찾아 떠날 수밖에 없는 운명이니까요.

당시 엿장수의 모습은 어땠나요?

"어머니, 나 엿판 하나만 맞춰 주."

하였다.

"……."

옥화는 갑자기 무엇으로 머리를 얻어맞은 듯이 성기의 얼굴을 멍하니 바라보고 있었다.

그런 지도 다시 한 보름이나 지나, 뻐꾸기는 또다시 산울림처럼 건드러지게 울고, 늘어진 버들가지엔 햇빛이 젖어 흐르는 아침이었다. 새벽녘에 잠깐 가는 비가 지나가고, 날은 다시 유달리 맑게 갠 화개 장터 삼거리 길 위에서 성기는 그 어머니와 하직을 하고 있었다. 갈아입은 옥양목 고의적삼에 명주 수건까지 머리에 질끈 동여매고 난 성기는, 새로 맞춘 새하얀 나무 엿판을 걸빵해서 느직하게 엉덩이 즈음에다 걸었다. 윗목판에는 새하얀 가락엿이 반 넘어 들어 있었고, 아랫목판에는 팔다 남은 이야기책 몇 권과 간단한 방물이 좀 들어 있었다.

성기는 죽을병에 걸렸다가 회복되자 옥화에게 엿판을 맞추어 달라고 해요. 이것은 성기가 집에 머물러서 살지 않고 엿장수로 떠돌아다니며 살겠다는 뜻이에요. 자신의 운명인 역마살을 받아들인 것이지요. 그렇게 자신의 곁에 붙잡아 두고 싶어 했던 옥화는 성기의 갑작스러운 말에 큰 충격을 받습니다.

엿장수는 무엇을 하는 사람일까요? 당연히 엿을 파는 사람이겠지요. 그런데 당시 엿장수는 두 부류가 있었어요. 하나는 좌판을 벌여 놓고 한곳에 앉아서 파는 '좌상(坐商)'이고, 또 하나는 엿목판을 목에 걸고 떠돌아다니면서 파는 '행상(行商)'이에요. 좌상은 널찍한 좌판에 엿을 담아 놓고 팔았고, 행상은 작은 엿판을 짊어지고 다니며 엿을 팔았어요. 성기는 윗목판에는 가락엿을 놓았고, 아랫목판에는 팔다 남은 책과 여자들이 쓰는 화장품이나 바느질 기구인 방물을 놓았네요. 가락엿은 길고 가늘게 둥글려 뽑은 엿을 말해요.

엿장수들은 가락엿이 담긴 목판을 걸메고 사람이 많이 모인 곳을 찾아다니며 장사를 했어요. 엿장수의 가장 두드러진 특징은 엿장수 가위를 사용하는 거예요. 이 가위는 우리가 알고 있는 일반적인 가위보다 훨씬 큰데, 무엇을 자르는 용도로 사용하지는 않아요. 쩔꺽쩔꺽하는 소리를 내는 큼직한 가위인데, 엿을 떼어 내는 일뿐만 아니라 사람을 불러 모으는 구실을 했지요. 사람들은 엿장수의 가위 소리를 들으면 엿장수가 왔다는 것을 알고 모여들었어요. 능숙한 엿장수는 가위다리를 서로 맞부딪쳐 내는 소리에 자기 흥을 담아서 재미있게 노래도 불렀어요. 엿을 팔 때는 엿장수가 엿의 양을 임의로 결정하기 때문에 '엿장수 마음대로'라는 속담도 생겨났지요. '엿치기'라는 놀이도 있었는데, 엿을 부러뜨려서 그 속에 있는 구멍의 수나 크기를 비교하여 승패를 가르는 놀이에요. 이 경우 진 사람이 엿값을 내는 것이 관례였답니다.

　그런데 엿장수에게 엿을 사 먹을 때 꼭 돈을 낸 것은 아니에요. 시골에서는 현금 대신 곡식을 내어 엿을 바꾸어 먹기도 했어요. 그래서 시골로 다니던 엿장수는 엿목판 밑에 대광주리를 받쳐 메고 다녔다고 해요. 시대가 흐르면서 리어카라는 것이 등장하자 가락엿뿐만 아니라 여러 종류의 엿이 담긴 목판을 늘어놓고 파는 행상이 나타났어요. 이들은 현금뿐만 아니라 종이·쇠·빈병 따위의 고물을 받고 엿과 바꾸어 주기도 했습니다.

2

마음을 읽다

성기는 왜 '수풀 속 산길'로 돌아갔나요?

성기는 처음부터 큰길을 버리고 사람이 잘 다니지 않는 수풀 속 산길을 돌아가기로 하였다. 원체가 지리산 밑이요 또 나뭇길도 본디부터 똑똑히 나 있지 않는 곳이라, 어려서부터 자라난 고장이라 곤 하지만 울울한 수풀 속에서 성기는 몇 번이나 길을 잃은 채 헤매곤 하였다.

성기는 지리산 자락에서 나고 자랐어요. 그러니 칠불암 가는 길을 잘 알 거예요. 그런데 평소에 다니던 큰길로 가지 않고 수풀 속 산길로 가네요. 왜 그랬을까요?

성기가 계연을 데리고 칠불암을 갈 때 어떤 마음이었을지 생각해 보세요. 아마도 혼란스럽고 정신이 없었을 듯해요. 계연은 성기가 처음으로 마음에 들어 한 여자인데, 그런 여자와 함께 걷는 길에서 성기는 얼마나 가슴이 설렜을까요?

이제까지 성기는 여자에게 관심이 없었어요. 옥화가 성기를 정착시키려고 술 파는 색시를 주막에 두었지만, 성기는 그런 색시들이나 다른 여자들에게 한 번도 마음을 둔 적이 없었어요.

그러던 성기가 절에서 생활하다가 어쩌다 주막으로 내려와 계연을

만나게 돼요. 갸름한 얼굴에 흰자위와 검은자위가 꽃같이 선연한 계
연을 보자마자 성기는 가슴이 찌르르해졌지요. 절 공부고 뭐고 재미
있는 것 하나 없이 심드렁하게 지내던 성기가 생기를 띠게 됩니다.

옥화는 일부러 계연에게 성기를 시중들게 해요. 성기가 장터에서
열고 있는 책전으로 점심을 가져가게 하지요. 그뿐만 아니라 세숫물
을 놓아 주고, 숭늉도 갖다 주고, 수건을 찾아 주는 등 온갖 잔심부
름을 계연에게 맡겨요. 옥화는 어떻게 해서든 계연과 성기를 맺어 주
고 싶었던 거예요. 성기도 그것을 마다하지 않아요. 하지만 사람들
눈이 있는 곳에서 둘은 서로 마음을 드러낼 수가 없었지요.

그런데 어느 날 옥화의 부추김으로 성기와 계연은 함께 칠불암 구경을 가게 되었어요. 칠불암으로 가는 길은 산길로 길게 이어져 있어요. 아무에게도 방해를 받지 않을 수 있는 공간이지요. 그리고 서로의 마음을 주고받을 수 있는 시간이기도 해요.

어쩌면 이 순간 성기는 계연을 데리고 칠불암으로 가면서 자신에게 주어진 운명인 시천역이라는 역마살을 벗어나려고 애를 쓰고 있는지도 모르겠네요. 계연과의 사랑이 이루어지면 정착해서 살 수 있을 테니까요. 하지만 그것이 생각대로 되지 않는 듯하네요. 운명을 벗어나려고 택한 산길에서 성기는 자꾸만 길을 잃은 채 헤매고 있으니까요.

성기와 계연은 어떤 사랑을 하나요?

계연은 덩굴을 헤치고 한참 들어가다 문득 모과나무 가지에 이리
저리 얽히고 주렁주렁 열린 으름 덩굴을 발견하였다.

"이것이 익어 있음 쓰겄는듸."

계연은 이렇게 중얼거리며 아직도 파아란 오이를 만지듯 딴딴하고
우들우들한 으름을 제일 큰 놈으로만 세 개를 골라 따 쥐었다. 그
리하여 한나절 동안 무슨 열매든지 손에 닿는 대로 마구 따 입에
넣곤 하던 버릇으로 부지중 입에 가져가 한 번 덥석 물어 떼었더니
이내 비릿하고 떫직스레한 풀 같은 것이 입에 하나 가득 끼었다.

"아, 풋내 나!"

계연은 입 안의 것을 뱉고 나서 성기 곁으로 갔다.

계연은 잠들어 있는 성기를 두고 주렁주렁 열린 으름 세 개를 따요.
그것도 가장 큰 것으로 골라서 따지요. 계연은 으름 열매 하나를 깨
물었는데, 기대한 것과 달리 비릿하고 떫직스레하고 풋내가 잔뜩 나
뱉어 버립니다.

이 으름 열매는 어쩌면 성기와 닮았다고 할 수 있어요. 계연은 성기
의 사랑을 기대했지만, 성기는 그것을 충족시켜 주지 못하고 있네요.

성기는 처음으로 좋아한 여자와 단둘이 있지만, 어떻게 해야 할지를 모르고 있어요. 이런 점에서 성기를 '사랑에는 풋내가 나는 남자'라고 할 수 있지 않을까요?

성기와 계연은 과일을 따 먹으면서 산길을 가다가 성기가 다래 덩굴 위에서 잠이 들어요. 좋아하는 여자를 옆에 두고도 코까지 골면서 잠이 들어 버렸네요. 여러분이라면 이런 상황에서 잠이 들 수 있을까요? 성기도 그렇지만 계연도 마찬가지예요. 서로 좋아하지만 둘 다 표현에 서툴러요. 둘은 입 안 가득 넣었다가 뱉어 낸 으름 열매처럼 풋내가 나는 사랑을 하고 있어요.

계연은 당황하여 쥐고 있던 새파란 으름 두 개를 성기의 코끝에 내어 밀었다. 성기는 몸을 일으켜 계연의 그 둥그스름한 어깨와 목덜미를 껴안았다. 그러고는 입술이 포개졌다.
그녀의 조그맣고 도톰한 입술에서는 한나절 먹은 딸기, 오디, 산복숭아, 으름 들의 달짝지근한 풋내와 함께, 황토 흙을 찌는 듯한 향긋하고 고소한 고기 냄새가 느껴졌다.
까악까악 하고 난데없는 까마귀 한 마리가 그들의 머리 위로 울며 날아갔다.

계연은 성기가 눈을 뜨자 당황하여 새파란 으름 두 개를 성기에게 내밀어요. 작용이 있으면 반작용이 있는 것처럼, 이에 대해 성기도 화답을 하네요. 사랑에 풋내기인 성기지만, 계연의 몸짓에 맞추어 본능적으로 행동을 취한 것이지요. 계연에게서는 산열매의 달짝지근한 풋

내와 함께 향긋하고 고소한 고기 냄새가 나요. 둘은 그렇게 자연 속에서 동화되고 있네요.

　그런데 이 둘의 사랑을 목격하는 존재가 있어요. 바로 까마귀입니다. 까마귀의 울음은 보통 불행을 예고한다고 해요. 그런 면에서 까마귀가 울며 날아갔다는 것은 왠지 그들의 사랑에 불길한 그림자가 드리울 것임을 암시하는 것 같아요.

성기는 왜 계연의 따귀를 때렸나요?

그러나 성기는 아무런 대꾸도 없었다. 그녀가 두 팔을 성기의 어깨 위에 얹어 그의 목을 껴안으려 했을 때, 성기는 맹렬히 몸을 뒤틀어 그녀의 팔을 뿌리치고는 돌연히 미친 것처럼 뛰어들어 따귀를 때리기 시작하였다.

처음 계연은,

"오빠, 오빠!"

하고 찡그린 얼굴로 성기를 쳐다보며 두 손을 내어 밀어 그의 매질을 막으려 하였으나, 두 차례 세 차례 철썩철썩하고 그의 손이 그녀의 얼굴에 와 닿자 방구석에 가 얼굴을 쿡 처박은 채 얼마든지 그의 매질에 몸을 맡기듯이 하고 있었다.

이튿날 장에 점심을 가지고 온 계연은 그 작고 도톰한 입술을 꼭 다문 채 말이 없었으나, 그의 꽃같이 선연한 두 눈엔 어저께의 일에 깊은 적의도 원한도 품어 있지 않는 듯하였다.

성기와 계연은 칠불암에 함께 갔다 온 뒤에 부쩍 가까워져요. 겉으로 드러내지는 못하지만 서로 사랑하는 사이가 된 거예요. 성기는 계연이 원하던 면경을 사 주고, 군것질을 좋아하는 계연을 위해서 찰떡도

사 주지요. 소리까지 내면서 맛있게 찰떡을 먹는 계연의 모습을 가려 주기 위해 성기는 자기 몸을 이리저리 움직이기도 해요. 이런 행동은 모두 성기가 계연을 사랑하고 있다는 증거지요.

그런데 한번은 성기가 절에서 내려와, 계연이 이웃 주막의 놈팡이와 함께 참외를 먹고 있는 것을 목격해요. 성기는 계연이 반가워하는데도 거들떠보지도 않고 방으로 들어가네요. 계연은 깜짝 놀라서 성기를 뒤따라가요. 계연은 성기가 왜 그러는지 궁금해하지만 성기는 아무 대꾸도 하지 않아요. 성기는 화가 잔뜩 나 있었던 거예요. 계연은 성기의 화를 풀게 하려고 목을 껴안으려 하지만 성기는 완강하게 팔을 뿌리쳐요. 그러고 나서는 갑자기 계연의 따귀를 때리기 시작해요. 처음에 계연은 성기의 매를 막으려 하지만, 두세 차례 따귀를 맞자 이내 포기하고 매질에 몸을 맡깁니다.

성기는 왜 계연을 때린 걸까요? 성기는 계연이 다른 남자와 참외를 먹고 있는 것을 보고 화가 난 거예요. 그런데 계연은 왜 성기의 매질을 막지 않고 때리는 대로 몸을 맡긴 걸까요? 처음에는 성기가 화를 내는 이유를 몰랐다가 성기가 질투가 나서 그랬다는 것을 알았기 때문이 아닐까요? 질투를 한다는 건 성기가 계연을 그만큼 좋아한다는 얘기니까요.

하지만 다음 날 계연이 성기의 점심을 가지고 오면서 입술을 꼭 다물고 말이 없는 것으로 보아 화가 나 있는 듯해요. 자기를 좋아하는 마음 때문에 그랬다고 하더라도 서운하고 속상하긴 했을 테니까요.

성기는 어떤 병에 걸렸나요?

성기가 다시 자리에서 일어나게 된 것은 이듬해 우수, 경칩도 다 지나 청명 무렵의 비가 질금거릴 즈음이었다. 주막 앞에 늘어선 버 들가지는 다시 실같이 푸르러지고, 살구, 복숭아, 진달래 들이 골 목 사이로 산기슭으로 울긋불긋 피고 지고 하는 날이었다.

아들의 미음상을 차려 들고 들어온 옥화는 성기가 미음 그릇을 비우는 것을 보자 이렇게 물었다.

성기는 계연이 떠난 여름부터 앓아누워요. 사람들은 성기가 봄이 오 기 전에 죽을 거라고 생각하지요. 성기가 걸린 병은 무엇일까요?

성기는 상사병에 걸렸어요. 상사병은 "남자나 여자가 마음에 둔 사 람을 몹시 그리워하는 데서 생기는 마음의 병"을 뜻하지요. 흔히들 "상사병에는 약도 없다."라고 해요. 오직 사랑하는 사람을 만나야 치 유될 수 있지요.

그런데 성기는 계연과 만나지 않고도 상사병을 털고 일어나요. 어 머니인 옥화가 해 준 말 때문이지요. 옥화는 이왕 죽고 말 것이라면 어미의 마음속이라도 알고 죽으라며 성기에게 모든 사실을 털어놓아 요. 체 장수 영감은 36년 전에 왔다가 떠나간 옥화의 아버지고, 계연은 자신의 이복동생이라는 것을 말이죠. 이 말을 들은 성기는 상사병에서 벗어나게 돼요. 자기가 계연을 사랑할 수 없는 운명이라는 것을 받아들이게 된 겁니다.

그런데 이 상사병은 단순히 계연에 대한 사랑만이 원인일까요? 성기는 '시천역'이라는 역마살을 지니고 태어났어요. 성기의 할머니와 어머니는 성기의 역마살을 없애려고 애를 썼지요. 할머니는 성기를 절에 보내서 역마살을 없애려 하였고, 옥화는 성기를 결혼시켜서 역마살을 없애려고 했어요. 하지만 둘 다 소용없었지요.

성기는 죽음의 문턱까지 갔다가 다시 살아났어요. 이제 성기는 새로운 삶을 살기 위해 엿판을 맞추어 달라고 해요. 엿장수가 되어 세상을 떠돌아다니며 살겠다는 뜻이지요. 따라서 성기가 앓은 상사병은 운명을 받아들이고 새로운 삶을 선택하게 되는 일종의 '통과 의례'라고 할 수 있겠네요.

상사병의 유래

춘추 시대 송나라 임금인 강왕은 한빙이라는 사람의 부인 하씨가 절세미인이라는 말을 듣고 그 부인을 강제로 빼앗았어요. 한빙이 임금을 원망하자 강왕은 한빙을 가두고 성단이라는 형벌을 내립니다. 성단은 변방에서 낮에는 도적을 지키고 밤에는 성을 쌓는 일을 하는 형벌이에요.

한빙을 그리워한 하씨는 남편을 못 잊어 다음과 같은 편지를 썼어요.

'비가 많이 내려 강은 넓어지고 물은 깊어졌는데, 해가 뜨면 마음을 먹을 것입니다.'

그런데 이 편지는 불행히도 한빙에게 전달되지 못하고 왕의 손에 들어가요. 왕은 좌우 신하에게 편지의 뜻을 물었는데, 소하라는 신하가 이렇게 답하지요.

"비가 많이 내린다는 말은 근심하고 그리워한다는 뜻입니다. 강이 넓어지고 물이 깊어졌다는 말은 서로 왕래할 수가 없다는 뜻입니다. 해가 뜨면 마음을 먹는다는 말은 죽을 뜻을 가지고 있다는 것입니다."

얼마 후 한빙이 자살을 했어요. 이 소식을 들은 하씨는 은밀히 자기 옷을 너덜너덜하게 만들었어요. 어느 날 하씨는 왕과 함께 누대에 올랐을 때 아래로 몸을 던져요. 좌우에서 급히 붙잡았으나 옷자락만 끊어지고 하씨는 아래로 떨어져 죽었지요. 옷자락의 띠에는 다음과 같은 유언이 적혀 있었어요.

'왕은 사는 것을 행복으로 여기지만 첩은 죽는 것을 행복으로 여깁니다. 시신을 한빙과 합장해 주시기를 바랍니다.'

이 유서를 본 왕은 화가 나서 사람들을 시켜 한빙의 무덤과 하씨의 무덤을 서로 바라보도록 만들게 하고 이렇게 말했어요. "너희 부부의 사랑이 끝이 없다면 무덤을 하나로 합쳐 보아라. 그것까지는 내가 막지 않겠다."

그날 밤 두 그루의 개오동나무가 각각의 무덤 끝에서 났어요. 열흘도 안 되어 아름드리나무가 되어 몸체가 구부려져 서로에게 다가가고 아래로는 뿌리가 서로 맞닿았지요. 그리고 나무 위에서는 한 쌍의 원앙이 앉아 하루 종일 떠나지 않고 서로 목을 안고 슬피 울었어요. 송나라 사람들이 원앙의 울음소리를 듣고 다 슬퍼하며 그 나무를 '상사수(相思樹, 서로 생각하고 그리워하는 나무)'라고 이름 지었답니다. '상사'라는 말은 여기에서 유래하게 되었어요.

성기는 왜 하동길로 갔나요?

그의 발 앞에는 물과 함께 갈리어 길도 세 갈래로 나 있었으나, 화
갯골 쪽엔 처음부터 등을 지고 있었고, 동남으로 난 길은 하동, 서
남으로 난 길이 구례. 작년 이맘때도 지나 그녀가 울음 섞인 하직
을 남기고 체 장수 영감과 함께 넘어간 산모퉁이 고갯길은 퍼붓는
햇빛 속에 지금도 환히 장터 위를 굽이돌아 구례 쪽을 향했으나,
성기는 한참 뒤 몸을 돌렸다. 그리하여 그의 발은 구례 쪽을 등지
고 하동 쪽을 향해 천천히 옮겨졌다.

한 걸음 한 걸음 발을 옮겨 놓을수록 그의 마음은 한결 가벼워지
어, 멀리 버드나무 사이에서 그의 뒷모양을 바라보고 서 있을 어머
니의 주막이 그의 시야에서 완전히 사라져 갈 무렵 하여서는 육자
배기 가락으로 제법 콧노래까지 흥얼거리며 가고 있는 것이었다.

엿판을 맞춰 든 성기는 화개 장터 삼거리 길에서 한참을 머뭇거려요.
화갯골 쪽은 처음부터 등지고 있고, 구례로 난 길을 바라보고 있다
가 한참 만에 하동 쪽으로 발길을 옮기네요.

이 세 갈래 길은 어떤 의미를 담고 있을까요?

우선 성기는 화갯골 쪽으로는 처음부터 등을 지고 있었어요. 화갯

골은 성기가 지금까지 살아왔던 곳이지요. 그러니까 '과거의 길'이라 할 수 있겠네요. 엿판을 들고 떠돌아다니는 삶을 선택한 성기가 향할 곳은 아닙니다.

서남으로 나 있는 구례 길은 어떤 길인가요? 작년 이맘때 계연이 울면서 떠나간 길이에요. 만약 성기가 그 길로 간다면, 그것은 계연을 찾아가기 위해서라고 생각할 수 있어요. 그렇다면 성기는 '운명을 거역하는 삶'을 선택하는 거예요. 자신의 본능에 충실한 현재의 삶을 선택하는 행위지요. 그런 면에서 구례 길은 '현재의 길'을 의미한다고 할 수 있어요.

하동 쪽으로 난 길은 성기와 아무런 인연이 없는 길이에요. 과거의 삶과도, 운명을 거역하는 삶과도 상관이 없지요. 그러니 하동 길은 운명에 순응하며 정처 없이 떠돌아다니게 될 성기의 새로운 삶을 나타낸다고 할 수 있어요. '미래의 길'인 것이지요.

성기가 과거와 현재의 길을 버리고 미래의 길을 택한 이유는 무엇

일까요? 운명을 받아들이는 것이 가장 좋은 선택이라고 생각했기 때문일 거예요. 시천역이라는 역마살을 타고난 운명이니, 한곳에 머물러 있는 것 자체가 괴로웠을 거예요. 그리고 계연을 사랑하지만, 어머니의 이복동생이라는 것을 알아 버렸으니 그 마음을 접을 수밖에 없지요. 그래서 성기는 하동 쪽으로 발걸음을 옮기면서 오히려 마음이 가벼워진 것이랍니다.

3

숨은 뜻을 찾다

역마살과 시천역이 무엇인가요?

이러한 어머니보다도 차라리, 열 살 때부터 절에 보내어 중질을 시켰으니 인제 역마살도 거진 다 풀려 갈 것이라고 은근히 마음을 느꾸시는 편이던 할머니는, 그러나 갑자기 세상을 떠나 버렸다. 당사주라면 다시는 더 사족을 못 쓰던 할머니는, 성기가 세 살 났을 때 보인 그의 사주에 시천역(時天驛)이 들었다 하여 한때는 얼마나 낙담을 했던 것인지 모른다. 하동 산다는 그 키가 나지막한 명주 치마저고리를 입은 할머니가 혹시 갑자을축을 잘못 짚지나 않았나 하여, 큰절(쌍계사)에 있는 어느 노장에게도 가 물어보고 지리산 속에서 도를 닦아 나온다던 어떤 키 큰 영감에게도 다시 뵈어 봤지만 시천역엔 조금도 요동이 없었다.

"천성 제 애비 팔자를 따라 갈려는 게지."

'역마살(驛馬煞)'은 '역마'와 '살'이 합쳐진 말이에요. '역마'는 말이 중요한 교통수단이었던 시절에 "역참에 갖추어 두고 관용으로 쓰던 말"을 뜻해요. '살'은 "사람이나 물건 따위를 해치는 독하고 모진 귀신의 기운"이라는 뜻이고요.

'역마살'은 역마의 귀신이 독기를 품어 사람에게 씐 것을 말해요. 역마살을 타고난 사람은 결국 한곳에 정착하지 못하고 길 위에서 떠도는 삶을 살 수밖에 없지요. 그런데 이것이 사주팔자에 들어가 있는 경우를 '천역(天驛)'이라고 해요. 하늘에서 내린 역마의 운명을 지니고 있다는 뜻이랍니다.

사주팔자는 생년, 생월, 생일, 생시로 보는 운수를 말해요. 당연히 생년에서 생월로, 생일로, 생시로 갈수록 그 사람의 운명에 가깝다고 보지요. 그러니 가장 중요한 것은 생시의 운이라고 할 수 있어요. 그런데 생시에 천역이 있는 것을 '시천역(時天驛)'이라고 합니다. 시천역은 아무리 노력해도 인간의 힘으로는 벗어날 수 없는 운명이라고 하네요.

성기가 이렇게 시천역을 타고난 것은 내력이 있어요. 젊은 시절 남사당패를 만들어 떠돌아다니던 체 장수 할아버지, 떠돌이 중이었던 성기의 아버지 피가 성기에게도 전해진 것이겠지요. 성기의 외할아버지나 아버지는 모두 떠돌아다니며 살 수밖에 없는 역마살을 타고난 사람들이에요. 그러니 성기가 시천역을 타고난 것은 어쩌면 당연한 일이라고 할 수 있겠네요. 그래서 성기는 당초부터 어디로 훨훨 떠나가고 싶어 했지요. 자기의 운명대로 살고 싶었던 거예요. 하지만 성기가 어디로 간다는 말만 들어도 옥화는 두 눈이 시뻘개져서 역정을 내요. 의지할 데라곤 아들밖에 없는 옥화 입장에서는 그럴 수밖에 없을 겁니다.

하지만 운명의 힘은 거스르기 힘든가 봐요. 시천역을 타고난 성기는 결국 자신의 운명에 순응하며 엿장수의 길을 떠나게 되니까요.

옥화와 할머니는 왜 역마살이 끼지 않았나요?

그러나 서른여섯 해 전에 꼭 하룻밤 놀다 갔다는 젊은 남사당의 진양조 가락에 반하여 옥화를 배게 된 할머니나, 구름같이 떠돌아다니는 중과 인연을 맺어 성기를 가지게 된 옥화나 다 같이 화개 장터 주막에 태어났던 그녀들로서는 별로 누구를 원망할 턱도 없는 어미 딸이었다. 성기에게 역마살이 든 것은 어머니가 중 서방을 정한 탓이요, 어머니가 중 서방을 정한 것은 할머니가 남사당에게 반했던 때문이라면, 성기의 역마 운도 결국은 할머니가 장본이라, 이에 할머니는 성기에게 중질을 시켜서 살을 때우려고도 서둘러 보았던 것이고, 중질에서 못다 푼 살을 이번에는 옥화가 그에게 책 장사라도 시켜서 풀어 보려는 속셈인 것이었다.

이 소설에 등장하는 체 장수 영감, 떠돌이 중, 그리고 성기는 모두 역마살을 지니고 있어요. 그런데 할머니와 옥화는 그렇지 않은 것 같네요. 할머니와 옥화는 화개 장터에서 주막을 운영하며 살고 있으니까요. 그렇다면 여자들은 역마살의 영향을 받지 않는 걸까요?

하지만 그녀들도 여염집 여자들과는 다른 삶을 살고 있어요. 일반적으로 여자들은 어딘가에 머물러 정착해서 사는 삶을 바라는 경향이 강해요. 할머니와 옥화는 겉으로 보기에는 주막에 정착해서 살고 있어요. 그러니 역마살이 없는 것처럼 보이지만, 실상은 그렇지 않답니다.

할머니는 서른여섯 해 전에 하룻밤 놀다 갔다는 젊은 남사당의 진양조 가락에 반하여 옥화를 낳아요. 그런 떠돌이 남사당을 아버지로 둔 옥화의 운명도 떠돌이 삶을 살 팔자를 타고나지 않았을까요? 그래서 옥화는 구름같이 떠돌아다니는 중과 인연을 맺어 성기를 갖게 돼요. 또한 할머니와 옥화는 평생 오지 않을 사람을 그리워하면서 살아가고 있어요. 비록 몸은 공간을 떠나지 않고 있다고 하더라도, 마음은 그곳에 정착하지 못한 채 사는 것과 같지요.

그들이 머물러 있는 주막도 실상 정상적인 안주의 공간이 아니에요. 끊임없이 왔다가 떠나가는 떠돌이들의 삶을 공유할 뿐이니까요. 이런 면에서 볼 때 할머니와 옥화는 역마살을 피하고 있는 것 같지만 사실상 역마살의 운명을 살고 있는 것이 아닐까요?

사마귀도 유전되나요?

그동안 옥화와 계연의 사이에 생긴 새로운 사실이 있다면, 옥화가 계연의 왼쪽 귓바퀴 위에 있는 조그만 사마귀 한 개를 발견한 것쯤이었다.

어느 날 아침, 그녀의 머리를 빗어 땋아 주고 있던 옥화는 갑자기 정신을 잃은 사람처럼 참빗 쥔 손을 부들부들 떨고 있었다.

옥화가 계연의 머리를 빗겨 주다가 깜짝 놀라요. 계연의 왼쪽 귓바퀴 위에 있는 조그만 사마귀 한 개를 발견해서지요. 그런데 '발견한 것쯤'이라고 사소한 일처럼 언급하고 있네요. 하지만 이것 때문에 성기와 계연의 관계에 큰 변화가 생기게 돼요. 왜냐하면 옥화에게도 똑같은 곳에 검정 사마귀가 있기 때문이지요. 이는 옥화와 계연이 자매 사이임을 암시하는 역할을 해요.

그런데 과연 사마귀도 유전이 될까요? 만약에 유전된다면 계연이 옥화의 이복동생일 가능성이 커요. 실제로 이것은 과학적인 근거가 없어요. 하지만 문학 작품에서는 이와 같은 사례가 등장하는 경우가 종종 있어요. 과학적으로는 설명할 수 없지만 문학적 상상력으로는 가능한 이야기라는 거지요.

이런 사례를 이효석의 〈메밀꽃 필 무렵〉에서 확인할 수 있어요.

허 생원은 젖은 옷을 웬만큼 짜서 입었다. 이가 덜덜 갈리고 가슴
이 떨리며 몹시도 추웠으나 마음은 알 수 없이 둥실둥실 가벼웠다.
"주막까지 부지런히들 가세나. 뜰에 불을 피우고 훗훗이 쉬어. 나
귀에겐 더운 물을 끓여 주고, 내일 대화장 보고는 제천이다."
"생원도 제천으로?"
"오래간만에 가 보고 싶어. 동행하려나 동이?"
나귀가 걷기 시작하였을 때 동이의 채찍은 왼손에 있었다. 오랫동
안 아둑시니같이 눈이 어둡던 허 생원도 요번만은 동이의 왼손잡
이가 눈에 띄지 않을 수 없었다.

허 생원과 동이는 함께 장돌뱅이를 해요. 허 생원은 아들뻘 되는 동이에게서 어머니의 친정 고향이 봉평이라는 말을 듣고, 봉평 방앗간에서 맺었던 성 서방네 처녀와의 하룻밤 인연을 떠올리지요. 그런 상황에서 허 생원은 동이가 자신과 같은 왼손잡이임을 발견하고는 아들일지 모른다는 생각을 해요. 왼손잡이가 유전된다는 것 역시 과학적으로 근거가 없는데 말이지요. 하지만 문학적으로는 얼마든지 가능한 일이에요. 이야기 속 정황들이 연결고리가 되어, 동이가 왼손잡이라는 것이 허 생원의 친자임을 암시하는 중요한 요소가 될 수 있는 것이지요.

그런 것처럼 〈역마〉에서 '귓바퀴의 검정 사마귀'도 과학적 근거가 있느냐 없느냐를 따질 것이 아니라 그들의 운명이 어떤 방향으로 흘러가는가에 초점을 맞추고 봐야 해요. 그것으로 인해 옥화와 계연은 이복 자매가 되고, 성기와 계연은 이모와 조카 사이가 되지요. 그러니 성기와 계연의 사랑도 이루어질 수가 없고, 결국 성기는 자신의 운명을 받아들이고 떠돌이 엿장수의 길을 택하게 되는 것이랍니다.

사마귀와
사마귀

알다시피 '사마귀'는 두 가지 의미가 있어요. 하나는 피부에 생기는 사마귀, 다른 하나는 곤충 사마귀이지요. 그런데 왜 이 둘의 이름이 같을까요? '사마귀'라는 말은 어떻게 생긴 걸까요?

우선 피부에 나는 사마귀는 흔히 '살마귀'가 어원이라고 알려져 있어요. 이는 '살'에 입자나 덩어리를 뜻하는 접미사인 '-마귀'가 합쳐진 말로, '살에 생기는 단단한 덩어리나 몽우리'를 뜻하고, 이 '살마귀'가 점차 '사마귀'로 변했다는 주장이지요. 하지만 이에 대해 '살마귀'라는 단어의 정체가 모호하다는 반론도 있어요. 15세기까지 '살'을 가리키는 단어는 지금처럼 'ㅏ'가 쓰이는 '살'이 아니라 'ㆍ'가 결합한 'ᄉᆞᆯ'이었으며, 설사 '살'과 '마귀'가 결합했더라도 중간에 'ㄹ'이 왜 탈락했는지 설명할 수 없기 때문이지요.

곤충 사마귀는 15세기 문헌인 《법화경언해》와 16세기 문헌인 《훈몽자회》에 '사마괴'로 나타나요. 이는 '사마귀'의 옛 형태가 '사마괴'였을 가능성을 말해 주는 것이지요. 하지만 이에 대한 추가 설명이 발견되지 않아 그 의미를 정확하게 알기는 어려워요. 그런데 1954년 조선일보에 실린 '사마귀' 관련 글을 보면, 곤충 사마귀는 한자어 '사마귀(死魔鬼)'였다는 주장이 나와요. 불교에서 '사마(死魔)'는 목숨을 빼앗고 혼을 파괴하는 악마로 정의하는데, 여기에 '귀신 귀(鬼)'를 붙여 '사마귀'가 됐다는 설명입니다. 그러니까 '사마귀'는 '여러 곤충의 목숨을 빼앗는 악마' 같은 무시무시한 존재라는 것이네요. 이는 아마도 '당랑거철'이라는 고사로 알려진 '사마귀의 용맹함'과 관련이 있을 듯합니다.

이렇게 보면 피부에 나는 사마귀와 곤충 사마귀가 의미상으로는 상관관계가 없어 보여요. 하지만 예부터 민간에서 '사마귀에게 물리면 사마귀가 생긴다'거나 '피부에 난 사마귀를 곤충 사마귀가 뜯어먹으면 낫는다'는 속설이 있었던 것으로 미루어 보면, 둘 사이에 연관성이 있다고 보는 것이 합리적일 것 같아요.

넓게 읽기

작품 밖 세상 들여다보기

시대

작가

작품

작가 이야기
김동리의 생애와 작품 연보

시대 이야기
1940년대 후반

엮어 읽기
〈역마〉와 관련되는 소재를 다룬 소설

독자 이야기
뒷이야기 이어 쓰기

독자

김동리의 생애와 작품 연보

1913(음력 11월 24일) 김임수와 허임순의 5남매 중 막내로 경북 경주에서 태어남. 본명은 김시종.
아버지가 제물(제사에 쓰는 음식물) 장사를 하여 집안을 일으켰는데, 여기저기 물건을 해 나르며 점점 주색을 가까이하게 되면서 술로 세월을 보낸다. 이를 참을 수 없었던 어머니는 교회에 나가게 되는데, 그 영향으로 김동리는 이후 기독교 계통의 학교를 다니게 된다.

1926(14세) 대구 계성학교에 입학함.

1928(16세) 서울 경신고등보통학교에 3학년으로 편입하였으나, 이듬해에 중퇴함.

1934(22세) 시 〈백로〉가 조선일보 신춘문예에 가작으로 뽑힘.

1935(23세) 단편 〈화랑의 후예〉가 조선중앙일보 신춘문예에 당선됨.

1936(24세) 단편 〈산화〉가 동아일보 신춘문예에 당선됨.
단편 〈바위〉, 〈무녀도〉 등을 발표함.

1937(25세) 경남 사천의 원전마을에 설립된 광명학원 강사로 취임함.
김동리는 광명학원에서 낮 수업이 끝나면 야학을 열어 마을의 문맹 퇴치에 앞장섰다.

1938(26세) 11월 21일 함양에서 초등학교 교사를 하던 김월계와 결혼함.
단편 〈정원〉, 〈팥죽〉, 〈잉여설〉 등을 발표함.

1947(35세) 을유문화사에서 첫 창작집 《무녀도》를 발간함.

1948(36세) 단편 〈역마〉, 〈형제〉, 〈어머니와 그 아들들〉 등을 발표함.
평론집 《문학과 인간》을 발간함.

1949(37세) 두 번째 창작집《황토기》를 발간함.

1955(43세) 단편 〈밀다원 시대〉, 〈진달래〉, 〈어떤 상봉〉 등을 발표함. 장편 《사반의 십자가》를 《현대문학》에 연재함.

1966(54세) 단편 〈까치 소리〉, 〈송추에서〉, 〈백설가〉 등을 발표함.
첫째 부인인 김월계와 이혼하고 손소희와 결혼함.
손소희는 문학 제자로서 김동리가 문학가로 성공의 길을 걷게 하는 지원자가 된다. 문단 활동의 측면에서 김동리의 서라벌예술대학 교수 활동이나 월간지 《월간문학》의 창간 및 운영을 도와주었을 뿐 아니라, 경제적으로 청담동 땅을 사고 집을 짓는 등 집안의 살림을 도맡아서 처리한다. 김동리가 문인협회 이사장, 서라벌예술대학장, 예술원 회장을 역임하고 잡지사를 경영하는 등 적극적인 사회 활동을 할 수 있었던 것은 손소희의 내조 덕이었다.

1967(55세) 단편 〈석노인〉, 〈감람수풀〉을 발표함.
《김동리 대표작 선집》 전 5권을 간행함.

1972(60세) 서라벌예술대학 학장을 역임함.

1977(65세) 수필집《고독과 인생》을 발간함.

1978(66세) 수필집《취미와 인생》을 발간함.

1987(75세) 두 번째 부인인 손소희가 암으로 죽음. 소설가 서영은과 결혼함.

1988(76세) 수필집《사랑의 샘은 곳마다 솟고》를 발간함.

1990(78세) 7월 30일 뇌졸중으로 쓰러짐.

1995(83세) 오랜 투병 끝에 6월 17일 사망함. 타계한 뒤 첫째 부인인 김월계와 합장함.

작가 더 알아보기

정신적 영향력을 미친 형 김범부

김범부는 1915년 일본에 건너가 도요대학에서 동양 철학을 전공하고, 이어 서양 철학을 연구하기 위하여 도쿄 외국어학교에서 영어와 독일어를 수학해요. 그 후 도쿄대학과 교토대학에서 청강생으로 동서양의 철학을 비교 연구하고 귀국하여, 광복 이전까지 산사를 찾아다니면서 불교 철학 연구에 몰두하지요. 1950년 2대 국회의원 선거 때 부산 동래에서 당선되고, 후에 계림대학에서 '동방사상 연구소'를 세워 동양 철학과 한학을 가르쳤어요. 김동리는 큰형 범부를 스승으로 생각했으며, 어려서부터 마을에서 소문난 신동이었던 범부를 절대적인 존경의 대상으로 생각해 늘 무릎을 꿇고 가르침을 받았다고 해요.

김동리는 20대 초반의 어느 날, 다솔사에서 불경과 동양 철학을 가르치던 김범부로부터 '만해가 왔으니 절로 오라'는 기별을 받아요. 그 당시 다솔사는 주지 최범술 스님을 중심으로 항일을 모의하는 장소로 이용되었지요. 김동리는 한용운, 김법린, 최범술 등에게 소개되었고, 이들의 영향을 받아 민족의식을 다지는 한편 불경을 깊이 공부해요. 그는 잠시 출가를 꿈꾸어 보았으나, 가부좌가 되지 않아 참선을 할 수 없었다고 하네요. 일제가 다솔사 부설 광명학원을 폐쇄해 버리자, 그곳에서 한글을 가르치던 김동리는 소설 습작에 전념하게 돼요.

세 번의 결혼

1938년 김동리가 광명학원 강사로 있던 때, 그 마을에서 유일한 인텔리였던 하숙집 딸 김월계와 친해져요. 그러다 그해 11월, 광명학원 교정에서 한용운 선생의 주례로 결혼식을 올리지요.

김월계와 결혼 생활을 이어가던 김동리는, 1948년 서울 명동에 '마돈나 다방'을 차린 손소희와 사랑에 빠져요. 손소희는 광복 후 만주에서 귀국하여 소설을 쓰고 싶어 했는데, 한무숙의 도움으로 김동리를 소개받아요. 손소희는 한성일보 편집국장인 심영택의 부인이었지만, 김동리는 사랑의 감정은 억누르기보다는 키워 나가야 한다고 생각했지요. 김동리는 손소희와 1953년부터 동거를 하다가, 1966년 김월계와 이혼하고 두 번째 결혼을 해요.

1987년 손소희가 암으로 죽자, 김동리는 20년 동안 숨겨 왔던 내연녀인 소설가 서영은과 세 번째 결혼을 해요. 당시 서영은은 마흔네 살로, 김동리와는 서른 살 차이였어요. 서영은과 김동리의 정식 부부 생활은 1995년 김동리가 세상을 떠남으로써 8년으로 막을 내리지요.

김동리는 첫 번째 부인인 김월계에게서는 자식들을, 두 번째 부인인 손소희에게서는 재산을, 세 번째 부인인 서영은에게서는 사랑을 얻었다고 고백했다고 해요.

사랑은 목숨 같은 것

서영은은 20년간 숨겨진 연인으로 살았다. 김동리는 아내 손소희가 있는 상태였다. 서영은은 이에 대해 "만일 손소희 선생이 만나지 말라고 했다면 끝냈을 것"이라고 단언한다.

두 여자의 인연도 각별하다. 손소희 역시 소설가였다. 그녀는 서영은을 딸처럼 아꼈다. 물론 남편의 내연녀라는 사실을 몰랐을 때까지였다. 남편을 통해 서영은을 알게 된 후 서영은의 '차분한 성격, 어리숙한 용모에 예의 바른 몸가짐'에 호감을 가져 자신의 잡지사에 취직시켰다. 김동리와 서영은의 관계가 3년으로 접어들었을 무렵이었다. 서영은은 가시방석 같은 상황이지만, 거절할 수 없는 입장이었으므로 회사를 위해 열심히 일하는 것으로 미안한 마음을 대신했다. 무보수로 일하면서 열과 성을 다했으니, 손소희로서는 그녀가 더욱 맘에 들었을 것이다.

두 사람의 불안한 숨바꼭질이 들통 난 건 연인이 은밀히 다녀온 해수욕 때문이었다. 손소희는 선명하게 햇볕에 그을린 남편의 몸과 딸처럼 아끼던 여직원의 얼굴이 검게 탄 모습을 보고 직감적으로 알아챘다. "너 해수욕 누구와 갔었니?" 이후 그녀는 일을 정리하고 회사를 그만뒀다.

그러나 손소희의 행동은 예상을 비껴갔다. 머리채를 잡거나 헤어지라고 하는 대신, 남편의 여자를 인정하는 쪽을 택했다.

"이왕 이렇게 된 거 어쩌겠어. 그 사람도 불쌍한 사람이야. 잘 지켜 줘."

본처에게 인정받았다고 해서 두 사람의 관계가 순탄했던 것은 아니다. 멀리 도망쳐 보기도 했지만, 운명의 굴레에서 벗어날 수 없었다.

"도전이 되는 것들이 내면에서 수없이 일어나고, 외적으로도 이별로 갈 수 있는 요소가 많았음에도 끝까지 갈 수 있었던 건 김동리 선생이었어요. 항상 이렇게 말씀하셨죠. '사랑은 목숨 같은 거야, 목숨을 지키려면 의지를 가져야 해.' 그리고 '당신을 사랑합니다. 맹세합니다.'를 시키셨어요."

그렇다고 강요는 아니었다.

"그런 말씀에 좌우된 것은 아니에요. 이분 이외에는 제 삶의 의미가 확인이 안 되었으니까요. 선생님 이후에도 다른 사랑은 없었어요. 선생님이 제게 워낙 강한 화인을 찍어 놓아서 다른 남자에 대해 생각할 수 없었죠. (제게 관심을 보이는 남자가 있더라도) 별로 관심이 가지 않았어요."

— 두경아 기자, 〈목숨 같은 사랑〉, 《여성조선》 2014년 3월호

해방 후 첫해 맞는 농촌

태극기 내걸고 맞이하는 농촌의 새해 아침, '이 땅에 풍년 들고 독립 이루게 하소서.' 하고 광복의 새해 아침 햇발을 우러러 바라보며 희망에 가득 찬 농가는 이렇게 말없는 기원을 한다. 소위 '을사보호조약' 이래 삼십 수년 동안 무고한 우리 농민들은 피땀의 소산을 왜적에게 그대로 바쳐야 하는 농노(農奴)였다. 공출 전쟁이 나면서는 사랑하는 자녀까지 공출하여야 했던 우리 농가, 실로 양과 같은 우리 농민들. 천도(天道)는 분명하시어 이제 우리 농가에 광복의 깃발을 내걸게 하였다. 오랫동안 굶주림에 허덕이던 우리 농가는 이제 새로운 구상 속에, 오는 봄 씨 뿌리는 봄을 기다린다. (1946)

공출에서 해방된 농가의 풍경

신탁 통치 반대에 전 민족이 총진군

민족적 모독이요, 국제 헌장에 위반되는 조선에 대한 신탁 통치제 실시가 한번 보도되자 전국 방방곡곡의 삼천만 민중의 분노가 폭발되었다. 군정청 조선인 직원 일동의 총 사직을 비롯하여 각 공장, 회사, 학교, 심지어 유흥계까지 전부 총파업을 전개하여 8·15 이후 해방의 단꿈에 도취되었던 화려한 서울 시가도 어느덧 하룻밤 동안에 모두 문을 닫고 암흑과 침묵에 싸인 '사(死)의 각오'의 상징이니, 이것이 손에 어떤 무기도 쥐지 못한 약소민족의 무기인 '불합작 운동'의 새로운 출발이다. 이러한 민족적 총의에 호응하여 이미 임시 정부에서는 국무위원 구씨 외에 민간 측 각계 대표 76인을 선정하여 '신탁통치반대 국민 총동원회의 중앙위원회'를 조직하고 이후 불합작 운동은 모두 여기에서 논의할 터인 바, 자주독립 완성을 위하여 좌우 양 진영에서 보조 일치를 맹서하고 탁치 반대 운동 노선을 지향하여 총진군의 호령은 드디어 내렸다. (1946)

시장의 풍미

시골의 장이란 또렷한 풍미를 가진
다. 나뭇짐이나 닭 마리나 팔아서 창
호지나 고등어를 사거나 정을 사고
팔고 하는 것쯤이 사람들이 장에 가
는 맛인 줄 알아서는 잘못이다. 그보
다도 단골 주막을 찾아가 점심 요기
를 하는 맛에 가는지도 모른다. 오래
간만에 사돈을 만난다든가 어느 정
다운 친구를 만난다든가 하여 같이

낙지 한 접시를 먹고, 막걸리 잔을 걸치고, 국물에다 비빔밥 그릇을 서로 나누
는 것이 참으로 그들의 장날 맛인지도 모른다.
시골 사람에게 있어서의 시장의 풍미란 도시인의 댄스홀이나 다방이나 극장이
나 무슨 축제일의 화려한 꽃다발보다도 몇 갑절 더 사무치는 것이 있다. 우리
가 상상할 수 있는 가장 종합적인 인생 축제가 거기서만 벌어지는 것인지도 모
른다. (1947)

김동리 단편집 《무녀도》 - 염상섭

심각, 중후, 진지…… 이러한 것들이 이분의 작풍인가 싶다. 《무녀도》에 실린
여덟 편의 그 어느 것을 보나 날렵한 경쾌미라든지 유머의 신랄미라든지 하
는 것이 부족하다. 대신에 진중하고, 정확하게 실수 없이 굼튼튼하게 관찰하고
전개하고 묘사한 데에 믿음성이 있다. 이 점으로 보면, 장래 장편에 많은 기대
를 가지게도 하거니와 〈무녀도〉, 〈바위〉 같은 데서 괴기적 요소가 보이는 것도
이 작가의 특징의 하나라 할 수 있다. 그러나 〈동구 앞길〉, 〈화랑의 후예〉 등
과 아울러 여기에 해학미와 풍자미가 십분 발휘되었다면 한층 더 생색이 났을
것 같다. 작자 김동리 씨는 우익 작가의 중진이요 순수 문학을 지향하는 것으
로 정평이 있거니와, 순수 문학이라 하여 사상의 사회적 의의나 작가 자신의
사상적 요소 내지 솔직한 견해의 표현을 거부할 의무를 지니는 것은 아니다.
(1947)

테러를 근절하자

최근 시내 도처에 정체 모를 청년들이 출몰하여 문화 시설을 파괴하고 사람을 구타하는 등의 불법적이고 난폭한 '테러'를 자행하여 오더니, 19일에는 근로인민당 수장인 여운형 씨를 백주대로에 저격 치사케 한 참변을 일으켰다. 서울은 사회생활의 질서가 최고도로 유지되어 있는 조선의 수도이며 철벽의 진용을 자랑하는 경찰이 엄연히 존재하고 있는 곳이다. 이 같은 문화 도시에서, 더구나 경찰이 수호하는 대낮에 테러가 빈발하여 사회의 질서를 파괴하고 인심을 불안케 하는 것은 통탄할 일이다. 테러는 구타, 살상, 파괴 등의 비합법적 폭력 수단으로 상대방의 활동을 억압, 정지시키는 가장 비겁한 행동이니 민주주의 사회에서 도저히 있을 수도 없는 일이며 또한 용서할 수도 없는 일이다. 오늘날 민주주의 국가 건설을 지향하는 우리가 이 같은 비민주주의적 폭력 행동의 빈발을 보는 것은 치욕스러운 일이다. (1947)

창극의 특성

우리 민족 문화의 건설을 앞두고, 음악 면에서 '과연 어떤 것이 민족 음악의 소재가 될 것인가?' 하는 것은 어려운 문제이다. 하지만 확실히 창극이 우리 민족 고유의 예술이라는 것만은 알 수 있다. 아악은 외래 음악이 궁중에 들어와 고유화된 것이고, 시조는 귀족 계급의 전유물이었고, 향악 역시 당악 등이 지방화한 것이라 할 수 있다. 오로지 속악으로 천대받던 예술인 '민요'가 우리 서민의 흥겨움을 즉흥적으로 표현한 것이다. 그리고 우리 민요의 특색은 반드시 춤출 수 있는 리듬으로 된 노래라는 것이다.

창은 남도 소리에 속하고, 창이 노래와 다른 것은 영탄조로 되었으며 연극적 요소가 있는 점이다. 창이 연극과 더불어 창극을 창조하였으니, 이는 곧 우리 민족의 예술이다. 음악 발달을 엿보더라도 가야금은 순전히 우리 민족의 소산인데, 창극은 가야금을 반주로 하고 있다. 창이 남도 소리인 동시에 가야금 또한 남방의 소산임은 이를 증명한다. 창극의 전형인 〈춘향전〉, 〈흥부전〉을 보라. 이 역시 조선 시대 남도의 노골적이었던 계급 대립 사회에서의 서민의 애소의 한 토막이 아니었던가. 서민들은 이 창극을 통하여 울고 웃었으며, 그때 사회를 반영하였고, 그때 서민의 소리와 사상을 반영하였고, 권력 계급의 악정을 규탄하였던 것이다. (1947)

묻는 말씀

(문) 저는 이북 여성으로 해방 후 시내 모 여학교를 졸업한 금년 21세의 처녀입니다. 사실인즉 약 1년 전에 같은 동리의 모 학생과 우연한 기회에 사랑을 맺게 되어 지금 와서는 결혼 문제에까지 말이 미치게 되어 부모의 허락을 받으려 하니, 아버지께서는 절대로 허락지 않습니다. 단념하려고 하여도 단념할 수 없는 깊은 사랑이라 어찌하면 좋을지 가르쳐 주십시오.

(답) 결혼이란 쉽게 말한다면 이성의 결합으로 한 가정을 창설하는 것입니다. 가정을 이룩함에는 애정과 함께 경제적 기초가 있어야 되는 것인데, 당신의 경우는 상대편이 학생이라 경제적 조건이 결혼까지에는 아직 이르다고 볼 것입니다. 당신의 부친이 반대하시는 이유의 하나도 이것일 것입니다. 그리고 단념할 수 없는 사랑이라니 그 정도를 예단키 어려우나, 혹 청년 시기에 범할 수 있는 물불 가리지 않는 맹목적 사랑 정도가 아닐는지. 하여튼 이런 일일수록 냉정을 잃지 마시기 바라며, 상대편이 학업을 성취한 뒤를 기다려도 때가 늦다고는 할 수 없을 것입니다. (1948)

기성 작가의 동향에 대한 전망

황순원 씨를 소위 '중간파의 작가'로 취급하는 것이 가(可)한지 알 수 없다. 이 작가는 그 동물 이름의 작품 계열에서 이탈하려는 전환기에 있지 않은가 보는데, 이 작가에겐 작품 세계보다도 제작 수법으로서 중간에서 지엽으로 흐르는 산만성과 평면성을 극복하고 입체성을 위하여 확고한 구성을 세울 것이 금년의 개인적인 과제가 아닐까 생각된다.

손소희 씨는 그가 갖는 작품 세계가 상당히 광범해서 우리는 이 작가가 별로 소재의 곤란을 받지 않고 활보하는 전도양양한 작가라고 본다. 그런데 작년은 너무 다작을 해서 양에 비하여 질의 향상이 적었다. 금년은 그와 반대의 길을 택하는 것이 작가가 당연히 취할 정진의 방도라고 본다.

주요섭, 이무영 씨 등이 이 작가 군에서 관록을 가진 중진들인데, 이들이 해방 뒤에 각각 수편의 작품을 발표했으나 특별한 신국면을 개척해서 제시한 것이 없다. 이것은 역시 이 두 작가도 현실에 대하여 확고한 세계관적 신념을 갖지 못한 소극성의 표시라고 본다. 그 점에서 금년은 이 작가 군이 전체로서 하나의 통일된 역사관을 파악하고 통일된 문학론을 갖는 방향으로 그들의 문학은 추진될 것이라고 생각된다. (1949)

〈역마〉와 관련되는 소재를 다룬 소설

1. 비극적 운명을 다룬 이야기, 〈오이디푸스 왕〉

소포클레스의 〈오이디푸스 왕〉은 인간의 운명적
인 삶을 그린 그리스 비극이에요. 아리스토텔레
스는 이 작품을 비극 형식의 본보기로 꼽았지요.
비극은 인물이 운명에 의해 비극을 겪는 '운명 비
극'과 성격 때문에 비극을 겪는 '성격 비극'으로
나뉘어요. 이 작품은 대표적인 '운명 비극'에 해당
하지요.

주인공인 테베의 왕 오이디푸스는 자신의 숙명에서 벗어나려다 오
히려 숙명과 정면으로 맞닥뜨리게 돼요.

오이디푸스는 무시무시한 운명을 타고났어요. 자기 아버지를 죽이
고 자기 어머니와 결혼하게 되는 운명이지요. 오이디푸스는 이런 운
명에서 벗어나기 위해 무진 애를 쓰지만 결국에는 허사가 되고 말아
요. 청년이 된 오이디푸스가 우연히 길을 가다가 시비가 붙어 사람을
죽이게 되었는데, 그 사람이 바로 자기의 아버지였어요. 아버지로부터
멀리 떨어져 살기 때문에 자신의 운명에서 벗어날 수 있을 줄 알았는
데, 결국 아버지를 죽이게 된 것이지요.

또한 오이디푸스는 스핑크스라는 괴물을 물리친 공로로 미망인으

로 있던 왕비와 결혼을 하게 되는데, 그녀는 자기의 어머니였어요. 오이디푸스는 운명이라는 굴레에서 한 치도 벗어날 수 없었네요. 이런 사실을 알게 되었을 때 오이디푸스의 절망은 얼마나 컸을까요? 결국 어머니는 자살을 하고, 오이디푸스는 패륜을 저질렀다는 것을 부끄러워하며 스스로 눈을 멀게 해요.

후에 이 오이디푸스의 이야기를 차용하여 프로이드는 '오이디푸스 콤플렉스'라는 용어를 만들어 내지요. 이것은 '아들이 어머니를 차지하고자 하는 욕망에 근거한 생각·원망·감정의 복합체'를 뜻하는데, 아들이 성장 과정에서 어머니의 사랑을 두고 아버지를 라이벌로 생각하는 경향을 말하기도 해요.

2. 남매의 사랑을 다룬 소설, 〈젊은 느티나무〉

강신재의 〈젊은 느티나무〉는 부모가 재혼함으로써 졸지에 이복 남매가 되어 버린 청춘 남녀의 사랑을 그린 작품이에요. 숙희와 현규, 그리고 현규의 친구인 지수. 이렇게 세 사람이 중심 인물이지요.

숙희의 엄마는 젊어서 남편과 사별하고 므슈 리와 재혼을 해요. 성격이 부드럽고 과묵한 므슈 리에게는 현규라는 아들이 있어요. 이렇게 해서 숙희와 현규는 이복 남매가 돼요.

열여덟 살 숙희는 작품의 주인공이면서 서술자인데, 이복 오빠인 현규를 사랑하게 돼요. 이루어질 수 없는 사랑 때문에 고뇌하지만, 한편으로는 진정하고 순수한 연애의 기쁨에 젖어들기도 해요. 스물두 살 대학생인 현규 또한 이복동생인 숙희를 이성으로 느끼고, 현규의 친구이며 장관의 아들인 지수도 숙희를 좋아하게 돼요.

"편지를 거기 둔 건 나 읽으라는 친절인가?"

그는 한 발 한 발 다가와서, 내 얼굴이 그의 가슴에 닿을 만큼 가까이 섰다.

"……"

"어디 갔다 왔어?"

나는 입을 꼭 다물었다. 죽어도 말을 할까 보냐고 생각했다. 별안간 그의 팔이 쳐들리더니 내 뺨에서 찰깍 소리가 났다. 화끈하고 불이 일었다. 대번에 눈물이 빙글 돌았으나 그는 거들떠보지도 않고 방을 나가 버렸다. 나는 멍청하니 창밖으로 시선을 던졌다.

연회색 샤쓰를 입은 지수가 숲 샛길을 걸어가고 있는 것이 보였다. 그리고 조금 전에 지수가 풀벌레를 털어 주던 자리도 손에 잡힐 듯이 내려다보였다.

전류 같은 것이 내 몸속을 달렸다. 나는 깨달았다. 현규가 그처럼 자기를 잃은 까닭을. 부풀어 오르는 기쁨으로 내 가슴은 금방 터질 것 같았다.

지수가 숙희에게 보낸 연애편지를 보고 현규가 질투를 해요. 숙희는 민감한 반응을 보이는 현규에게서 오히려 자신에 대한 현규의 사랑을 확인하고 기쁨을 느끼지요. 그들은 행복과 고뇌를 동시에 안은 채 오누이 관계에서 연인 관계로 깊어 갑니다.

그러다 엄마가 므슈 리를 따라 미국으로 가게 되면서 숙희는 현규와 둘이 집에 있게 돼요. 숙희는 현규에게서 '비누 냄새'처럼 상큼하고 순수한 사랑의 감정을 느끼지만, 둘의 사랑은 사회적으로 금지된 사랑이기 때문에 숙희는 현규의 곁을 떠나 시골로 가지요. 그곳에서 절망적인 나날을 보내고 있던 어느 날 현규가 찾아와요. 현규와 숙희는 다시 만나지만, 두 사람은 각자의 길을 걷자고 약속합니다. 그것은 어쩌면 또 다른 만남을 위한 떠남이며, 그래서 기쁨을 품은 슬픈 약속인 듯해요.

이 소설은 사회 규범상 이루어질 수 없는 사랑에 빠진 청춘 남녀의 갈등을 그리고 있지만, 윤리적 차원에서 해결책을 제시하고 있지는 않아요. 각자의 인물들이 그들이 처한 상황을 어떻게 받아들이고 어떻게 해소해 가는가에 초점을 두고 있지요. 그런 면에서 사회 규범과 도덕성을 초월하는 사랑의 순수성을 보여 준다고 할 수 있어요. 마지막까지 맑고 순수한 사랑의 감정을 깨뜨리지 않고 현실의 아픔을 지혜롭게 받아들이면서 새로운 미래를 설계하는 젊은 남녀의 풋풋한 사랑을 느낄 수 있습니다.

이런 면에서 숙희가 마지막에 붙잡고 있는 '젊은 느티나무'는 두 연인의 약속을 목격하는 증인이 되며, 꿈을 잃지 않는 젊음을 상징한다고 할 수 있어요.

3. 장돌뱅이의 삶을 다룬 소설, 〈해변의 길손〉

한승원의 〈해변의 길손〉은 인정받지 못하는 사
람의 비애와 장돌뱅이를 하면서 시대의 고난을
함께 헤쳐 나가는 우정을 그린 작품이에요. 황
두표와 그의 동생인 황두헌, 황두표의 친구인
김광진. 이렇게 세 사람이 중심인물이지요.

　황두표와 김광진은 굴곡진 인생을 살아요. 황
두표는 두헌이라는 영특한 동생에 밀려 부모의
사랑과 관심을 갈구하다 일제 강점기와 6·25 전쟁을 겪으며 점점 포
악한 불효자로 낙인찍혀 가지요. 부모는 물론 형제와 친척들마저도
모두 그에게서 등을 돌려 버려요. 김광진은 자신의 넘치는 끼로 인해
다른 사람에게 상처를 주면서 비뚤어진 삶을 살아요.

　6·25 전쟁이 지나면서부터 황두표와 김광진은 의지할 곳이 없이 술
타령만 하다가 함께 소금 장사와 옹기 장사를 하면서 고생을 하게 됩
니다.

> 막걸리 한 되를 받아다 놓고 마주앉아 마시며, 김광진 씨는 그렇다고
> 하는데도 자기를 따라나서겠느냐는 투로 말했었다. 황두표 씨가 '빌어
> 먹을 것, 깨 먹으면 가지고 있던 바가지밖에 더 깨 먹겠느냐'고 하면서,
> 죽어도 한번 해 보겠노라고 고개를 들이밀자……

본래 김광진은 떠돌아다니면서 장사를 해 본 경험이 있기 때문에,

황두표가 자기도 따라나서겠다고 해요. 하지만 김광진은 떠돌아다니면서 장사하는 것이 보통 힘든 일이 아니라며 만류하지요. 황두표는 어차피 자신의 인생에서 망칠 것이 더 있겠느냐며 장사를 하겠다고 해요. 이렇게 해서 그들은 함께 소금 장사를 하고, 옹기 장사를 하고, 바람에 배를 깨 먹어 하늘을 지붕 삼아 떠돌아 다니지요.

황두표는 똑똑한 동생과 달리 힘들게 논과 바다에서 일해요. 성인이 되어서는 친일파 노릇을 하고, 6·25 전쟁과 휴전 무렵에는 '반공 청년단'에 가입해서 활동하지요. 이 과정에서 많은 사람에게 몹쓸 짓을 해서 부모는 자살을 해요. 거기다 황두표의 큰아들은 베트남 전쟁에 나가서 죽고, 작은아들은 광주에서 '5·18 민주화 운동' 때 죽게 돼요. 결국 황두표는 술로 나날을 보내다 부모님 무덤가에서 노년을 지내게 된답니다.

황두표와 김광진은 험한 세월을 함께 겪으며 견뎌 내요. 둘은 상대방을 바라볼 때 자신을 들여다보는 것처럼 이해하고 아파하며 서로 부축하면서 외로운 노년을 함께 보내지요. 그런 면에서 〈해변의 길손〉은 우리 역사의 흔적과 함께 장돌뱅이의 애환과 상처를 잘 드러내고 있는 작품이라고 할 수 있어요.

뒷이야기 이어 쓰기

1. 성기

성기는 엿장수로 세상을 떠돌았다. 바람처럼 살다가 낯선 여인의 품에 깃들기도 했다. 계연은 잊어버렸다. 종종 가슴 한구석에 찌르르 묵직한 통증이 올라올 때가 있었지만, 그게 누구 때문인지는 생각하고 싶지 않았다. 고향은 다시 찾지 않았다. 고향을 떠날 때 무슨 결심을 한 것은 아니지만, 누군가의 얼굴과 목소리가 다시 떠오를까 두려웠다. 그는 시뻘건 두 눈으로 자신을 뚫어져라 바라보며, 도톰한 작은 입술로 "오빠, 편히 사시오."라고 말했던 얼굴을 기억조차 하지 않으려 했다.

성기는 엿장수를 하며 고철을 팔아서 이윤을 남겼다. 그러다 어느새 그는 고물상 주인이 되었다. 고물상은 처음에는 작은 가게에 불과했으나, 그의 나이 사십쯤 되었을 때는 꽤 큰 사업이 되었다. 하지만 고철 값을 후려치고, 여러 사람을 상대하며 빈틈없이 잇속을 차리는 것이 그다지 적성에 맞는 일은 아니었다. 그는 점점 부사장에게 일을 맡기고, 자신은 전국의 고물상을 몇 달이고 떠돌다가 돌아오는 일을 반복하였다. 꼭 직접 가 봐야 하는 일은 없었다. 그래도 콧바람을 쐬지 못하고 몇 달이라도 흐르면 엉덩이가 들썩거려 참을 수 없었다.

2. 계연

계연은 아버지를 따라 여수로 갔다. 계연의 아버지는 옛 친구의 아들뻘 되는 사업가의 공장에서 그럭저럭 자리를 잡게 되었다. 계연은 혼자서 자주 울었지만, 성기는 이후로도 소식이 없었다. 그사이 배가 불러 왔다. 늙은 아버지는 짐작하는 바가 있어 화개 장터를 찾아갔다. 옥화의 주막을 찾아갔으나 성기는 없고, 옥화가 누워서 앓다가 그를 맞았다. 옥화는 무어라 말을 할 듯 말 듯하다가 입을 다물어 버렸다. 문득 그는 옥화 귓바퀴의 사마귀를 발견하고 흠칫 놀랐다. 그는 한동안 말을 잃고 조용히 돌아와 계연에게 단호하게 아이를 지우라고 말하였다.

계연이 차일피일하는 사이 계연의 아버지는 병이 들었다. 그는 사장에게 계연을 돌봐 달라고 부탁하고 세상을 떠났다.

3. 성기

성기의 나이가 어느새 오십이 되었다. 그사이 세상이 바뀌었다. 대통령이 부하의 총에 맞아 죽은 뒤, 새로 군대가 쿠데타를 일으켰다. 군인들은 폭력배를 소탕한다면서 떠돌아다니는 사람들을 잡아들이기 시작했다. 마침 잠시 일터를 떠나 추레하게 세상을 떠돌던 성기는 군인들에게 잡혔다. 성기는 자신이 하동 쪽에서 사업체를 가지고 있음을 밝혔으나 군인들은 잘 믿어 주지 않았다. 군인들이 성기의 고물상에 전화를 하였을 때, 부사장이 성기의 존재를 부정했기 때문이다. 부사장은 성기가 돈 버는 일을 등한시하는 것에 불만이 쌓였던 데다, 계제에 이 사업을 자기가 차지하고 싶은 욕심이 있었던 것이다. 성기는 삼청교육대에 끌려갔다. 한 달여 끔찍한 교육을 받았고, 반년을 군인들이 총을 겨누는 가운데 복역했다. 다음 해퇴소했을 때 그는 이미 골병이 들어 버렸고, 자신의 삶이 오래 남지않았음을 예감했다.

예전 고물상을 찾아갔을 때 부사장은 그를 실종자로 처리한 뒤 명의까지 바꾼 뒤였다. 부사장은 다시 나타난 성기 앞에서 당황하여좋은 말로 구슬리며 약간의 돈을 제안했다. 성기는 부사장을 고소하여 기나긴 법정 싸움을 시작할 수도 있었다. 하지만 그는 예전부터 돈에 매이고 사업에 얽히는 게 거추장스럽지 않았던가? 어쩌면이 일이 운명적인 반전이 될 수도 있었다. 그는 약간의 돈을 받아전국을 유랑하며 남은 삶을 보내기로 한다.

4. 계연

계연은 아이를 낳고, 사장의 집에서 식모로 살았다. 사장은 나이가 계연의 아버지뻘이 되었으며 부인이 앓고 있었다. 부인이 죽자, 사장은 정식으로 계연에게 구혼했다. 그때 사장도 몸이 좋지 않았다. 계연은 부인이라는 이름의 간호부로 간택된 것이다. 하지만 계연은 이런저런 선택을 할 상황이 되지 않았다. 사장은 오래 앓다가 죽었다. 결혼 생활이 행복했느냐고 묻는다면 계연은 작고 도톰한 입술을 꼭 다물었고, 흰자위 검은자위가 꽃잎처럼 선연한 두 눈에 아무런 표정도 떠올리지 않았다. 사장의 장례식을 치르자마자, 전처의 아들들은 유산을 정리하면서 계연에게 선심 쓰듯 작은 집 한 채를 넘겨주었다. 바다가 보이는 낡은 집이었다. 그녀는 그 집 한편에 작은 다방을 열었다. 다방의 이름은 '역마'라고 했다.

5. 성기

성기는 칠팔 년씩이나 전국을 떠돌아다녔다. 돈이 많은 것은 아니었지만 그때그때 막노동을 하기도 했고, 워낙 소박하게 지내다 보니 그럭저럭 살 수 있었다. 어느 해 그는 마지막으로 바다가 보고 싶어 여수에 갔다. 바다가 보이는 공원 앞에는 '역마'라는 다방이 있었다. 그런데 그 앞에서 어떤 남자를 만났다. 나이가 삼십 후반에서 사십 정도 되는 사람이었는데, 묘하게 그 나이 즈음의 자신을 닮아 있었다. 그는 끌리듯 그 남자를 따라 다방에 들어갔다. 남자는 다방에서 안쪽으로 사라져 버렸다. 그는 차를 따라 주는 종업원에게 그 남자에 대해 물었다. 종업원은 종알종알 이런저런 이야기를 해 주었다. 여주인이 다방의 주인인데 누군가를 기다리고 있으며, 아들은 외지

에 사는데 결혼도 하지 않고 여기저기 떠돌아다니다 지금 잠깐 집
에 들렀다는 것이다.

성기는 문득 가슴이 찌르르 묵직하게 아파 오는 것을 느꼈다. 계연
이 떠올랐지만 그녀가 어디 사는지 짐작도 할 수 없었다. 마침 다방
에는 그때 막 발표된, 조영남의 〈화개 장터〉라는 노래가 들려오고
있었다. 그는 문득 화개 장터에 가고 싶었다. 자신이 죽으면 화개 장
터에 묻히고 싶었다. 그것이 역마살을 타고난 자신의 운명을 거스르
는 유일한 저항이 아닐까 하는 생각이 들어 그는 어이없이 웃었다.

참고 문헌

도서

김주현, 《김동리 소설 연구》, 박문사, 2013.

김한식, 《김동리 - 순수의 지향과 삶의 정체성》, 글누림, 2012.

서재원, 《김동리와 황순원 소설의 낭만성과 역사성》, 월인, 2005.

이진우, 《김동리 소설 연구》, 푸른사상, 2002.

이찬, 《김동리 문학의 반근대주의》, 서정시학, 2011.

정호웅, 《김동리 평론 선집》, 지식을만드는지식, 2015.

홍기돈, 《김동리 연구》, 소명출판, 2010.

연구 논문

권일경, 〈김동리의 문학관·세계관에 관한 고찰〉, 《현대문학이론연구》 11, 1999.

김종균, 〈김동리의 문학 사상 연구〉, 《한국사상과 문화》 13, 2001.

김종수, 〈《소나기》와 〈역마〉의 공간적 특성 비교〉, 《우리어문연구》 17, 2001.

김한식, 〈김동리 문학의 이분법적 세계 인식 연구〉, 《겨레어문학》 33, 2004.

이대규, 〈소설 교육과 텍스트 내면화 - 〈역마〉와 관련지어〉, 《현대문학이론연구》 7, 1997.

이상구, 〈김동리 소설의 서사 구조 연구〉, 한국교원대 석사학위논문, 1992.

정동환, 〈문학 작품에 나타난 의미 분석 - 김동리의 〈역마〉를 중심으로〉, 《한말연구》 6, 2000.

정호웅, 〈김동리 소설과 화개 - 〈역마〉에 대한 새로운 해석을 중심으로〉, 《문학교육학》 30, 2009.

조희경, 〈김동리 문학에 나타난 생명적 상상력〉, 《문명연지》 4권 1호, 2003.

최은영, 〈김동리 초기 소설의 서정소설적 특질 연구〉, 《현대문학이론연구》 43, 2010.

선생님과 함께 읽는 **역마**

1판 1쇄 발행일 2016년 12월 12일
1판 3쇄 발행일 2022년 9월 19일

지은이 박기호

발행인 김학원
발행처 (주)휴머니스트출판그룹
출판등록 제313-2007-000007호(2007년 1월 5일)
주소 (03991) 서울시 마포구 동교로23길 76(연남동)
전화 02-335-4422 **팩스** 02-334-3427
저자·독자 서비스 humanist@humanistbooks.com
홈페이지 www.humanistbooks.com
유튜브 youtube.com/user/humanistma **포스트** post.naver.com/hmcv
페이스북 facebook.com/hmcv2001 **인스타그램** @humanist_insta

편집책임 문성환 **편집** 윤무재 **디자인** 박인규 반짝반짝 **일러스트** 권희주
용지 화인페이퍼 **인쇄** 청아디앤피 **제본** 민성사

ⓒ 박기호, 2016

ISBN 979-11-6080-001-2 44810